CRISTINA CORSALI

LÁGRIMAS NEGRAS

LA CONVERSACIÓN MUDA

© Cristina Corsali
© Lágimas negras
© La conversación muda

ISBN papel: 978-84-685-2701-7
ISBN pdf: 978-84-685-2702-4

Impreso en España

Editado por Bubok Publishing S.L.

Cristina Corsali

Lágrimas negras
La conversación muda

bubok
EDITORIAL

Índice

*Mi agradecimiento a
Ana María Rodríguez Saavedra*

LÁGRIMAS NEGRAS

Capítulo uno

El limpiaparabrisas ejecutaba su función a la máxima velocidad en el tercer clic del mando, pero era a todas luces insuficiente para aclarar la cortina de agua que caía sobre el cristal del vehículo con matrícula alemana. «Menudo día para empezar un crucero», lamentó Esther con la mirada fija en los goterones de lluvia que distorsionaban las siluetas. Menos mal que era Marcelo y no ella quien iba conduciendo, así no tendría que escucharlo dándole órdenes: «¡Frena! ¡Más despaaacio! ¡Por aquí! ¡Por allá!...».

Su madre seguía abanicándose en el asiento de atrás, más por nervios que por calor. La habían recogido del aeropuerto de El Prat la noche anterior. No le había hecho ninguna gracia viajar sola en avión a la Península. Si no fuera porque le entusiasmaba la idea de navegar por el Mediterráneo ese verano con su hija, a la que no veía desde hacía años, se habría quedado en La Laguna, yendo al mercado los sábados y a misa los domingos, como siempre, y recibiendo visitas de amigas y familiares a quienes serviría bizcocho de limón y deliciosos cafecitos muy negros y azucarados. El hotelito donde pasaron la noche no había estado mal: cómodo y funcional, pero ella se encontraba algo inquieta, como si tuviera un presentimiento, así que siguió abanicándose.

—¿Qué pasa, doña Asunción? ¿No le llega el aire acondicionado? —le preguntó su yerno intentando disimular la irritación que sentía y poniendo los dedos de la mano derecha sobre la ranura por donde salía el aire frío.

—Sí, mi niño, sí, pero es que es por costumbre —le contestó la suegra con un cargado acento canario que tiñó el aire de esa aprensión adquirida en la infancia por todo lo que era salirse de lo familiar. Tampoco le gustaba mucho que Marcelo quitara las manos del volante. Se santiguó para dispersar los malos augurios y siguió dale que te pego con el abanico.

—Ya estamos llegando, no se preocupe —anunció él con la formalidad de un funcionario mientras la repasaba con desdén por el espejo retrovisor. No pretendía consolarla o tranquilizarla. En realidad le importaba un bledo lo que le ocurriera a su suegra, pero había que seguir manteniendo las formas, aunque estuviera de mal humor. El viaje desde Alemania con Esther había puesto su paciencia al límite. La presencia de su mujer en el asiento de al lado no le aportaba ya el morbo de otros tiempos. Se había convertido para él en un objeto inservible, como un mueble que ya no usaba pero que seguía abarcando su espacio.

El coche se deslizaba a una velocidad imprudente por las anegadas calles y ya estaban llegando al puerto. Se podía ver el barco en la distancia, un edificio flotante con balcones y chimeneas que las alejaría de él por una semana. «Siete días con sus noches» pensó Marcelo, y por segunda vez quitó la mano derecha del volante, en esta ocasión para ajustarse el pantalón a la altura de la cremallera.

Esther continuaba absorta en el limpiaparabrisas, con sus varillas de ave mecánica que se movían hacia dentro y hacia afuera, como un pájaro que parecía querer volar frenéticamente del vidrio, como si intentara despegar desesperadamente, harto como ella de tanta crítica y malas caras. El quejido continuo de las escobillas y su predecible movimiento la hipnotizaron por unos minutos.

Con la cascada que inundaba el cristal le vino a la mente aquel martes veinte de enero, quince años atrás, otro día de chaparrón, cuando aún vivía en la isla y los cielos se abrieron para descargar un volumen cúbico nunca visto antes por aquellas latitudes. Ella, con sus dieciocho años recién cumplidos, creyó que era porque la atmósfera se había contagiado con su llanto. Todavía parecía escuchar la voz del cantante en la emisora de radio local mientras conducía sin rumbo y tuvo que pararse al borde de un barranco porque se ahogaba. Había empezado a llorar, y aunque se le hacía difícil conducir entre las lágrimas y las lluvias torrenciales, arrancó de nuevo y siguió por la carretera de curvas deseando tener la valentía suficiente para despeñarse por un risco. Recordaba muy bien cómo empezó a atragantarse y cómo quiso arrancarse la pena tosiendo. Al final parecía que estaba ladrando como un perro ronco, intentando que su garganta echara la tristeza para afuera, queriendo escupir la injusticia, la frustración y la rabia de que no la dejaran tenerle, de que no le permitieran quererlo.

—¡Cuidado! —gritó doña Asunción presionando con los pies, como si ella pudiera frenar cuando el coche de delante paró de golpe.

—¡Por Dios! ¡Qué susto! —refunfuñó Marcelo olvidando ya las formas, porque entre el aguacero, los suspiros de su suegra y el abanico se le había agotado totalmente la paciencia. «Menos mal que casi hemos llegado» susurró entre dientes mientras le caía una gota de sudor por la sien. Podía ver la terminal. Las dejaría en la misma puerta y adiós muy buenas. Sus amigos lo esperaban en Alicante para jugar al golf unos días y no quería perder ni un solo minuto de lo que prometían ser unas fantásticas vacaciones.

Esther había vuelto al presente gracias al grito de su madre. Si hubiera estado conduciendo quizás habría chocado con el de delante, se dijo con resignación. Entonces habrían tenido que bajarse, sacar los papeles del seguro, discutir con el conductor y Marcelo le habría recordado lo *inutilita* y lo mala conductora que era, porque siempre se las apañaba para rozar o abollar el coche, se les habría hecho tarde y a saber si se les habría escapado el barco.

Lo que no se le pasaba por la mente en aquel momento, ocupada como estaba con su deseo de haberse despeñado por un barranco de La Punta hacía quince años era que, de no embarcar en ese crucero —y lo dudó bastante cuando su marido se lo propuso— podría perder una oportunidad que llevaba mucho tiempo esperando.

Capítulo dos

Los niños correteaban alegres por los largos pasillos emitiendo grititos que perforaban el aire y los oídos. Esther y doña Asunción tenían que esquivarlos de vez en cuando.

Compartir el camarote sería un desafío. No estaba segura de cómo les iría una semana entera en el barco, pero le daba igual, estaba fuera del influjo de su marido. Casi casi ni le molestaba ya que Marcelo se la hubiera querido quitar de encima engatusándola con un crucero de lujo mientras él se reunía con sus amigos en uno de esos viajes donde se suponía que pasaban el tiempo jugando al golf, pero cuyo objetivo real era desembarazarse de aquella costra pesada de responsabilidades que, amparados por las noches y el alcohol, se descascarillaba en la oscuridad de un bar cualquiera de *topless*. Ella no tenía ni autoridad sobre el hombre ni ganas de discutir, así que aceptó la invitación encogiéndose de hombros. Él había rechazado de inmediato la sugerencia de ir sola, impulsado por un sentimiento posesivo que surgía igual por una persona que por una cosa. Era suya, aunque no la quisiera, y con la excusa de que nunca veía a su madre, le encasquetó los pasajes de las dos sin darle opción a decidir. Pero eso fue después de haber descartado dejar a Esther en Alemania atendiendo la residencia canina toda la semana. No le gustaba la idea de que se quedara sola con el empleado. No se le escapaba la forma en que lo miraba.

El buque de última generación no dejaba de sorprenderlas durante su paseo. Ya habían dejado las maletas en el camarote con balcón y se habían maravillado con la decoración interior y la amplitud del cuarto de baño. Tenían además suficiente espacio en los armarios para colgar y ordenar toda la ropa. Después de inspeccionar cada hueco, esquina y utensilios para su confort, salieron a descubrir el resto de las instalaciones. Había tantas cubiertas que recorrer y tantas cosas nuevas, que no les costaría estar ocupadas durante los siete días, pensaba aliviada Esther.

—Mira, hija, hay que sacarse una foto aquí, pero qué preciosidad de escalera, ¡qué lujo! —exclamó doña Asunción admirando los escalones con incrustaciones brillantes.

Esther empezó a animarse casi sin darse cuenta, aunque todavía le quedaban restos de un vago desasosiego. Notaba una levísima ansiedad, aunque le pareciera que se había despojado de una mochila que la hundía cada día con el peso de la miseria emocional que había ido acumulando en los últimos años. Hacía tanto que se había resignado al aburrimiento y a la rutina, que la perspectiva de pasarlo bien durante toda una semana estaba descorriendo la cortina de negatividad que la mantenía a oscuras la mayoría del tiempo. Se acordó de todos aquellos perros en la perrera de Alemania, moviendo el rabo cuando era la hora del paseo.

Levantó la cámara y enmarcó la escalera y la figura de su madre, una señora algo encorvada, con el pelo teñido y bien arreglado, que ya había cumplido los setenta.

—Sonríe, mamá, y deja ya el abanico, caramba, que aquí no te va a hacer falta.

No entendía por qué, pero desde hacía años tenía la manía de buscarle a los objetos el parecido con los animales, y ya llevaba rato con la sensación de que el crucero era una descomunal ballena blanca. Tal vez por eso no se le quitaba del todo aquel nudo en el estómago.

Llevaba con su marido una residencia canina en Alemania y quizás fuera la naturaleza de su trabajo lo que la hacía imaginarse que hasta los muebles eran *transformers* que podían salir corriendo a cuatro patas en cualquier momento. ¿Sería eso lo que llamaban «deformación profesional»? Nunca se lo había dicho a nadie, ni siquiera a Marcelo, y tampoco tenía intención de hacerlo. Ese hábito era algo suyo, un secreto que a veces la atormentaba un poco. Si pasaba por un edificio en construcción visualizaba la grúa como una jirafa gigantesca que se le caería encima. Incluso si veía un helicóptero dando vueltas sobre la ciudad se agobiaba y tenía que esconderse porque le parecía que era como una libélula inmensa. Una vez, en el supermercado, le había dado un ataque de pánico al empeñarse en que los kiwis eran ratones dormidos.

Le costaba admitir que esa costumbre se estaba convirtiendo en una obsesión, pero a veces se quedaba observando embobada a los clientes mientras su mente catalogaba compulsivamente la lista de especies del reino animal para intentar hallar la mejor relación según los rasgos físicos. Marcelo, a quien se le estaba poniendo cara de bulldog, le habría dicho que esas cosas le pasaban porque no tenía hijos y se preocupaba demasiado de sí misma. Él siempre la hería con lo mismo. Cada vez que quería hacerle daño, que era bastante a menudo, la atacaba con eso de que «si fueras madre otro gallo cantaría». Lo cierto era que ella no podía tener niños, aunque Marcelo no sabía el por qué.

—A ver, mamá, pon el brazo sobre la baranda que te voy a hacer la foto ya. Así, muy guapa, hala, ya está. ¿Y el abanico? ¿Qué hiciste con el abanico? ¿Dónde lo metiste ahora?

Capítulo tres

La Laguna, años 90.

Era inusual verse así, en una discoteca, con una copa en la mano. Dos sorbos habían sido suficientes para marearse, así que dejó el ron con Coca-Cola sobre la mesa de cristal y se preparó para disfrutar del espectáculo. Sus amigas, tres compañeras de colegio que habían crecido con ella en el barrio, le habían regalado un peluche enorme por su cumpleaños, un oso marrón que la esperaba en su cama de colcha rosada para darle calor y compañía. Quizás la vieran como una niña chica todavía, por eso le habían dado ese regalo. Sus padres habían hecho una excepción y la habían dejado salir porque cumplía ya los dieciocho años. Además, para celebrar su mayoría de edad le habían prometido que le regalarían un coche cuando se sacara el carnet.

Sus amigas se quejaban de que los padres la tenían demasiado protegida, por eso no se podían explicar que le permitieran ponerse detrás de un volante.

—Es que no se trata de ser estrictos en todo. Saben que soy de fiar y no voy a conducir como una loca. Lo de salir por la noche es otra cosa, porque se preocupan, no quieren que ningún fresco se aproveche de mí —les había dicho esa noche Esther—. Si quieren se terminan mi copa, que no quiero emborracharme—sentenció como para subrayar su carácter responsable.

Sus amigas iban todos los viernes a una discoteca donde actuaba un conjunto de La Habana que los ponían a todos «a gozar» como decía el cantante. «¡Vamos mi gente, a gozaaarrrr!», aunque el infinitivo saliera de su boca más como un *gosaaal* y todo el mundo comenzaba a menear la cintura y los hombros con la ayuda de las bailarinas cubanas que sacaban a los más reacios a bailar, quisieran o no. La comunidad caribeña y sudamericana del norte de la isla no se perdía la cita semanal, cuando por fin podían moverse con ese ritmo que llevaban en la sangre, hasta que las chicas del grupo cerraban la velada repartiendo, con su gracia y su sabor, aché para todo el mundo: suerte.

En ese momento, los músicos estaban atareados moviendo cables de un lado para otro. En la parte de atrás estaban los timbales y la tumbadora y a un lado, apoyado en un atril, se podía ver un bajo. Al otro lado había un teclado y una trompeta y en pleno centro un micrófono, que sería para el cantante, imaginó la cumpleañera, que miraba las preparaciones sobre el escenario obnubilada. A ella le hubiera gustado ser artista, pero sus padres creían que eso era para *otra clase de mujeres.*

Le habían dado permiso para regresar a casa a las dos de la madrugada, después de haber convencido a sus padres, con mucho esfuerzo, de que el local no empezaba a llenarse hasta tarde. Estaba absorbiendo todo intensamente a través de sus ojos, con el tacto y con el olfato, como solo se vive una vez la recién estrenada libertad.

Eran solo las once de la noche y ese dato la colmó de anticipación. Le quedaban más de dos horas y media para saborear todas esas cosas que no había tenido la oportunidad de probar, como el alcohol, bailar salsa por primera vez o tal vez incluso establecer una nueva amistad...

La penumbra no le permitía distinguir a la gente sentada en las mesas, lo que aumentaba la intriga y la curiosidad que sentía en su primera incursión en la vida nocturna. Sus amigas la habían intentado persuadir para que se les uniera en la pista, pero a ella no le gustaba esa música americana que el DJ se empeñaba en pinchar y que, a su juicio, no pegaba nada como acto telonero de una banda latina. Ella prefería el producto nacional, en todos sus géneros, desde la canción española hasta el *rock*, pero en castellano, para entenderlo bien, así que imaginó que disfrutaría con la actuación de esta noche porque, aunque no estuviera demasiado familiarizada con la salsa, por lo menos cantarían en su idioma.

Por el momento andaba enfrascada en la tarea de contemplar el estilo y la ropa de la gente que bailaba, hasta que la música paró y sus amigas regresaron a los asientos acaloradas. Un foco iluminó a un grandullón en el escenario y entonces escuchó *la voz*, una voz aterciopelada y grave que la cautivó al instante.

—Buenas noches, señoritas, señoras y caballeros y bienvenidos a Melao. Con todos ustedes y sin más demora les invitamos a que disfruten de una velada inolvidable con nuestro grupo Lágrimas negras. ¡A gosaaal!

—¿Oigan?, pero ¿por qué no me habían dicho que este tío estaba tan bueno? —preguntó Esther mientras miraba embobada al metro noventa de cubano que se acababa de sentar en un taburete a cantar la canción que le daba nombre al grupo.

Aunque tú, me has echado en el abandono…

Por primera vez en su vida, Esther sintió que todo su cuerpo reaccionaba a lo que estaba presenciando y escuchando, como un latido profundo que surgía de algún lugar desconocido y que la estaba haciendo vibrar al ritmo del bolero. Poco a poco la canción la fue impregnando con un melódico ir y venir y con el trasiego de su pantalón vaquero sobre el asiento de piel descubrió que había sensaciones que aún no había experimentado todavía y que ya no podían hacerse esperar más.

Yo te lo digo mi amor que contigo moriré…

Capítulo cuatro

Desde el puerto, los pasajeros del hotel flotante de cinco estrellas parecían hileras de hormigas amontonadas en los distintos niveles de las cubiertas. Apoyada sobre la baranda blanca para ver cómo se alejaba el barco de la ciudad, Esther sintió un ramalazo de tristeza y alivio a la vez. Pensó en Marcelo, y aunque hacía años que no lo soportaba —en realidad se casó sin quererle y esto le ponía las cosas muy difíciles—, pidió instintivamente a Dios que lo protegiera en la carretera.

No le deseaba nada malo, aunque no era tonta y sabía que la engañaba desde hacía tiempo, nada más y nada menos que desde que se conocían. Por qué se había casado con ella nunca lo supo. Ella sí sabía por qué lo eligió a él. Nunca se le dieron bien los estudios, no tenía trabajo y andaba por los pasillos de la casa como alma en pena. Te vas a quedar para vestir santos le repetían una y otra vez. Así que a los veintitrés años contrajo matrimonio por aburrimiento con un hombre que ofrecía nuevas fronteras y una oportunidad para olvidar el pasado, pero que la trataba como si fuera idiota solo porque veía y hacía las cosas de un modo diferente a él. Ella sí seguía respetando los votos matrimoniales, a pesar de las decepciones, los desplantes y de chapotear torpemente en una relación donde ya llovía sobre mojado desde hacía mucho tiempo. Llevaban juntos una década y una de las maneras más claras de demostrar su indiferencia hacia ella era que, aunque se habían casado en verano, prefería irse de viaje a su tierra natal en vez de celebrar juntos su aniversario. Ella había aceptado el plan del crucero prácticamente sin rechistar, aunque sería la primera vez que se separaban tantos días.

Las gaviotas revoloteaban sobre la estela del espectacular navío y algunos pasajeros decían adiós a quienes les habían llevado al puerto o simplemente por devolver el saludo a los que admiraban el barco. Ella sabía que su marido no estaba allí. Se encontraría ya a muchos kilómetros de distancia, considerando cómo le gustaba la velocidad y las ganas que tenía de volver a Alicante tras un año de trabajo sin descanso en Alemania.

No ignoraba el hecho de que Marcelo había abierto el negocio en el país germano porque se había enamorado de la alemana que le había enseñado a gozar… *a gosal*, siendo aún muy joven. Sintió un escalofrío cuando por segunda ver recordó a quien le había enseñado a ella las mismas cosas y, otra vez, la pena revoloteó en su cabeza como esas gaviotas gritonas, porque él tenía esposa y también tenía hijos, o por lo menos eso era lo que le habían dicho sus amigas.

—Qué bonita se ve la ciudad desde aquí, tan grande... —Doña Asunción miraba a su hija de reojo mientras decía estas palabras—. No te preocupes, bobita, que ya verás que llega sano y salvo. Es verdad que le gusta correr, y qué manía con quitar las manos del volante, pero es un muchacho sensato.

Un muchacho sensato. Su madre estaba a años luz de saber la verdad sobre su yerno.

Marcelo se había presentado un buen día en el sur de la isla para pasar sus vacaciones y como tenía carrera de veterinario y se ofreció a ver qué le pasaba a la perrita, que se había empachado con el jamón cocido que había robado de la cocina, les cayó bien instantáneamente. Él se hospedaba en el mismo complejo de apartamentos donde la familia veraneaba cada año y cuando Esther llegó de la playa lo primero que hicieron sus padres fue presentárselo. Qué alivio cuando vieron que a pesar de su pelo corto de color platino —con esa manía que la niña tenía de dar el cante y de ser diferente a las demás— le había hecho tilín y la había invitado a salir esa misma noche. Él no se podía creer su suerte y se quedó prendado de Esther precisamente por esa imagen de mito de Hollywood. A ella no le disgustó Marcelo, que era alto, rubio, con ojos azules y que reunía unas delicadas y definidas facciones que en su conjunto le daban un aspecto aristocrático. «No te preocupes, niña, que ese vuelve. Los peninsulares se enamoran de las canarias y ya no pueden vivir sin ellas», le habían dicho en su casa cuando se le acabaron las vacaciones al veterinario.

Y claro que volvió, con un anillo y una propuesta de matrimonio, pero ella seguía pensando en aquella voz, aquellos ojos y en las manos del que la había hecho sentir mujer por primera vez. Y continuaba recordando también otras cosas tristes que nunca podría ni querría contar.

Un jardinero de amor planta una flor y se va;
viene otro y la cultiva de quién de los dos será...

—Venga, *ma*, vamos a sacar las cosas y a colgar la ropa en el armario. Tenemos que ver qué nos ponemos esta noche. ¿Trajiste ropa de salir?

—Pues claro, *mija*, ¿tú qué te crees que soy, una *maguita* que no sabe de estas cosas?

—No sé, chica, es que desde que se murió papá no te he vuelto a ver con nada que no sea de color negro.

—Ah, pero el negro es un color bien elegante.

—Pero... ¿vas a seguir con el luto?

—No, mujer, ya verás qué cosas más bonitas me compré.

En el camarote encontraron un folleto con información sobre las actividades programadas en el crucero durante la semana. Marcelo no les había reservado ninguna excursión en tierra, su generosidad y su bolsillo no llegaban a tanto, pero no les importó, había suficiente animación para quedarse en el barco si querían y, además, siempre podrían ir de paseo por su cuenta una vez que llegaran a los distintos puertos del Mediterráneo.

Esther levantó la vista del programa y contempló, sorprendida y divertida a la vez, el arcoíris de prendas veraniegas que su madre había desplegado sobre la cama donde había elegido dormir.

—Me parece que para esta noche me voy a poner este —dijo doña Asunción levantando un vestido de color malva con lentejuelas—. Y estos zapatos —añadió orgullosa, mostrándole a su hija unas sandalias plateadas con tres centímetros de tacón.

—¡Ay, qué bonito! —exclamó aliviada al comprobar que su madre había decidido por fin abandonar el ropero de viejita del siglo pasado.

—A ver, ¿a dónde vamos esta noche? —preguntó doña Asunción animada como nunca la había visto antes su hija.

—Pues, primero vamos a cenar, tenemos el turno a las nueve y media, y luego estoy pensando que podríamos ir a tomarnos un Baileys a la sala de fiestas. Tienen un grupo latino, según pone aquí —comentó sin quitar la vista de la información. Y por tercera vez en ese día viajó al pasado y se entretuvo un momento en la noche en que perdió la virginidad, la noche en la que el tiempo se detuvo para ella.

… en mis sueños te colmo,
y en mis sueños te colmo de bendiciones…

Capítulo cinco

El grupo anunció su descanso a las doce menos cuarto de la noche y los músicos, que le habían cantado el «cumpleaños feliz», se dirigieron a la barra entre bromas y palmaditas en la espalda. Esther había estado observando a las bailarinas, tres cubanas de cargadas melenas negras cuyas facciones habían sido agraciadas por la mezcla de razas. Exóticas, jovencísimas y envueltas en ese aire de superioridad de las mujeres que se saben hermosas y admiradas, se desenvolvían por la sala como mariposas, sacando a la gente a bailar, tanto a hombres como a mujeres.

Esther se había escondido detrás de la columna de espejos para que nadie la viera. Quería bailar, pero no estaba preparada para salir a la pista. Se había dedicado a mirar a las dos mulatas y a la tercera bailarina, de piel blanquísima, y cómo conseguían ese movimiento tan sexy que por mucho que se esforzaran los clientes del local no conseguían imitar. Sus amigas no lo estaban logrando, pero ella había empezado a copiarlas resguardada en la intimidad.

Después de prestar atención escrupulosamente durante una hora, a excepción de cuando se distraía con el movimiento rítmico de las muñecas del cantante agitando las maracas, y con el resto de su cuerpo, para qué negarlo, pudo comprobar que el truco estaba en la coordinación de hombros y cintura, de manera que cuando con los brazos levantados —como si les hubieran dicho «¡arriba las manos!»— movían en círculo los hombros hacia la izquierda, la cintura y las caderas giraban en dirección contraria. De esa manera, la columna vertebral, flexible a base de tanto contoneo, efectuaba una especie de impulso que hacía que la maquinaria de huesos y músculos siguiera enroscándose y desenroscándose como un sacacorchos. Este movimiento le recordó un poco al *hula-hoop*.

Cuando el grupo reanudó la actuación ella ya estaba lista. Sus largas piernas se estiraron con gracia para esquivar el taburete donde estaba sentada Rocío, que la miró extrañada.

—¿*Guag?*, ¿y a dónde va esta ahora?

Las demás la siguieron con la mirada. Nunca la habían visto tan decidida. Esther destacaba allá a dónde quiera que fuera y no pasaba desapercibida ni en la oscuridad. Su estilizado cuerpo de un metro setenta y nueve, algo bastante inusual en un barrio de gente más bien rechoncha, hacía que los vaqueros le quedaran a la perfección, mostrando además un culo perfecto de nalgas apretadas y respingonas. Sus amigas admiraban con algo de envidia lo bien que le sentaba ese atuendo, que incluía botas negras de tacón alto y un top de encaje de tiritas del mismo color, que dejaba sus hombros sedosos al descubierto. Pero lo que más llamaba la atención era su corta melena ondulada color platino que contrastaba con sus cejas oscuras. Era inusual en la isla que alguien llevara el pelo de esa manera o las pestañas tan cargadas con rímel, destacando sus grandes ojos azabache... Esta era la única forma que se le ocurría para rebelarse contra sus padres y la sociedad puritana donde creció, siempre pendientes del qué dirán, siempre escondiendo los defectos y no admitiendo los errores, como si vivieran atrapados en una particular versión de *La casa de Bernarda Alba*.

Se deslizó por la pista aplastando con cada paso los conocidos prejuicios, oxigenándose de libertad, pisoteando de antemano cada crítica y posibilidad de ser juzgada en las esquinas del barrio. Las cubanas, que le dedicaron una franca y amplia sonrisa de bienvenida, se hicieron a un lado para dejarla posicionarse en el centro y comenzar a zarandear las caderas y los brazos y los hombros hasta que logró el movimiento sensual que había estado observando. La gente imitó a las bailarinas y rodearon a Esther, tocando las palmas al son de la música. No sabía qué era lo que estaba cantando el vocalista, algo como «nadie quiere a nadie», pero se dejaba llevar, hipnotizada por su voz y por aquel ritmo cargado de percusión que le levantaba el espíritu a cualquiera. La voz del cantante penetraba sus oídos con su dulce melodía y ella bailaba como balanceándose en sus cuerdas vocales, acariciada por sus palabras. Cerró los ojos y dio vueltas, contagiada por aquel sabroso y caliente sonido que liberaba todas sus inhibiciones. Sintió el tumulto alrededor de ella y sacudía los hombros, las nalgas y todo a la vez. «¡El temblequeeeee!» gritó alguien, ¡a *gosaaaal*! cantó el cubano y Esther empezó a sudar y bailó y bailó perdiendo totalmente el sentido del espacio y el tiempo hasta que oyó decir «gracias y hasta el próximo viernes». Era la una menos cuarto de la madrugada.

Se dirigió directamente a la barra como una sonámbula. Estaba sedienta, no había dejado de moverse durante los cuarenta y cinco minutos que había durado la música en vivo. Había caído en un trance y ahora había despertado y le estaba pidiendo un vaso de agua al camarero.

—Hola, Marilín, me llamo Omar, ¿qué tal estás? —El aire se volvió más denso y el sonido de esa voz a su espalda la envolvió en una burbuja. Por un momento sintió que estaban solos en la discoteca.

Se dio la vuelta y ahí estaba el cantante, Omar, sonriendo. No le devolvió el saludo porque ella no se llamaba así, y aunque estaba acostumbrada al mote, le cayó mal que sin conocerla de nada se estuviera haciendo el gracioso saludándola de esa manera. Así que volvió a darle la espalda, irritada por su falta de originalidad, y siguió apoyada en la barra tomando el agua por la cañita que le había puesto en el vaso el camarero.

Omar se acomodó a su lado, expectante. Ella sabía que la miraba de arriba abajo, eso se notaba y, además, lo hacía con bastante descaro, aunque también se percató de que ojeaba el escenario donde sus compañeros recogían los instrumentos. La situación la incomodó y no le quedó otra opción que levantar la vista para toparse de frente con una cara risueña, simpática, de piel morena, suave y brillante. Al cantante se le achinaban los ojos cuando sonreía de oreja a oreja, como hizo cuando ella se dignó a mirarle.

—Hola —saludó Esther secamente, intentando no contagiarse de la felicidad que emanaba de aquella cara.

—Oye, qué bien tú bailas... para ser *gallega*, digo. ¿Cómo tú te llamas? —Las palabras chisporroteaban llenándolo todo de alegría.

—Esther. —Le faltaba experiencia para entender qué se hacía o decía en estas circunstancias. Era un desconocido que le hablaba en una discoteca. Le habían advertido de los peligros que esto conllevaba.

—No te había visto antes por acá, Esther —pronunció marcadamente la «r» final, evitando su acento cubano.

—No, no salgo mucho, esta es la primera vez. —Removía los trocitos de hielo con la cañita como distraída, intentando ganar tiempo para ver si se le ocurría alguna frase adecuada que la hiciera parecer más madura de lo que era.

—¿Y qué?, ¿te gustó el grupo? —insistió el cantante con entusiasmo.

—Sí, mucho —dijo refugiándose en el vaso, aunque su tono sonó un poco más convincente y decidido.

—¿Y a dónde vas ahora? —La seguridad de aquellas palabras invitaban a algo totalmente desconocido, nuevo, y se asustó un poco.

—A ningún sitio, ¿por qué? —preguntó a la defensiva y levantando la mirada para observarlo con curiosidad unos segundos, intentando adivinar qué intención había detrás de aquella pregunta.

—Me gustaría invitarte a una copa. —Le sostuvo él la mirada.

—Yo no bebo —sentenció algo aliviada y volvió a la tarea de remover el hielo, cada vez más derretido en el vaso.

—Bueno, pues déjame que te invite a otro vasito de agua…

A Esther le estaba costando comportarse con naturalidad. No sabía por qué, pero ese hombre, que tendría por lo menos diez años más que ella, la desarmaba. ¿Sería el tipo de «frescos» a los que se referían sus padres? Omar se había dado la vuelta para apoyar los codos sobre la barra y contemplar la discoteca. Aprovechando el cambio de postura había conseguido arrimarse más a Esther, que ahora podía percibir el perfume masculino que se mezclaba con el olor de su cuerpo. Le excitaba esa combinación. Las amigas fueron a reunirse con ella y la rodearon como si tuvieran que defenderla de una amenaza. Se las presentó, pero Omar solo tenía ojos para aquella singular rubia color platino.

Aceptaron sentarse en un rincón de la discoteca con el resto de los músicos, donde las bailarinas se besuqueaban con sus respectivos novios laguneros, que habían sucumbido a las dotes de seducción de las que, sin duda, se encontraban entre las mujeres más sensuales del planeta.

Hablaron de Tenerife, de Cuba, de la deuda que los canarios tenían con los cubanos y con los venezolanos, de lo mal que a veces les trataba la gente porque «pagaban justos por pecadores» y de que pronto se les vencería el visado de trabajo y tendrían que regresar a la isla caribeña, donde algunos tenían a sus novias o esposas o hijos o padres y madres que mantener. Antes de darse cuenta había pasado casi una hora y Esther se levantó como un resorte del sillón. El temor a que rumores sin fundamento llegaran a oídos de sus padres se aposentó de nuevo en su mente, como si fuera un polvillo que había levantado con sus pies mientras bailaba y que ahora volvía a cubrir su sentido de la responsabilidad.

—Bueno, ya me tengo que marchar, ¡vámonos chicas!
—Los músicos se quedaron sorprendidos pensando que algo tenían que haber dicho o hecho para que aquella muchacha tuviera tanta prisa por salir de allí. Omar las

acompañó a la puerta y Rocío se justificó diciéndole que «es que es una chica muy, pero que muy responsable». Se despidieron todos dándose dos besos y no pudo ni quedar con ellas para otro día porque salieron por la puerta como alma que se lleva el diablo.

Capítulo seis

Marcelo había montado en cólera cuando se enteró la noche de bodas que no iba a ser el primero de su rubia platino. Ella le mintió y le dijo que había tenido un novio formal durante cinco años y que ni siquiera sus padres sabían que había mantenido relaciones. Intentó quitarle hierro al asunto de la virginidad y empleó una estrategia que funcionaba bien con su nuevo marido, la de la adulación: «... pero si tú eres el único hombre de mi vida; tú sí que sabes hacerme feliz; eres tan guapo; es que eres tan inteligente; eres tan trabajador; qué sabrán esos inspectores alemanes; eres el mejor veterinario del mundo; qué buena mano tienes con los perros...». Esther tenía un repertorio de frases preparadas para ser usadas en cualquier momento, armas eficaces contra los celos o el mal humor de su marido. Era hábil llevándolo a su territorio y sofocaba con rapidez las posibles discusiones. Al menos durante los primeros años de matrimonio, porque cuando decidió por fin cambiarse el color del pelo —en Alemania pasaba desapercibida con su cabello de muñequita Nancy— Marcelo dejó de sentirse atraído por ella y ya no había manera de apaciguarlo cuando se enfadaba.

Marcelo había estudiado Veterinaria en Alemania por perseguir los mismos sueños que la turista germana de la que se había enamorado en Alicante. Se fue para aquel país siguiéndola, husmeando su rastro, pero Simone era un alma independiente que no tenía paciencia para españolitos machistas, así que a los dos años lo dejó plantado. Lo mejor que hizo en su vida Marcelo, quizás lo único, fue graduarse, quedarse allí y poner una residencia canina cuando vio que no le salía trabajo en una clínica veterinaria.

El negocio le iba muy bien y cuando se llevó a Esther de Canarias le dio trabajo como recepcionista después de que hubiera superado a duras penas un cursillo intensivo de alemán. Aunque nunca se le dieron bien los idiomas, no le quedó otro remedio que aprender a base de comunicarse diariamente con clientes. Poco a poco su habilidad lingüística fue mejorando con la práctica y la televisión. Entonces se atrevió a tomar clases de inglés. Con esa lengua le fue un poco mejor.

Los últimos cinco años de su matrimonio habían sido patéticos. Marcelo la despreciaba y a ella le parecía que en vez de hablarle le ladraba. «Se habrá contagiado del idioma perruno» pensaba Esther, a la que se le iban los ojitos por el chico que le echaba de comer a los animales todos los días, un joven moreno y fuerte que le recordaba tanto a su querido cubano. Sin embargo, nunca se le ocurrió flirtear con él. No solo era fiel a su marido, sino al recuerdo de Omar, y no poseía el instinto para acercarse un día cualquiera que el muchacho estuviera en una de las jaulas y acorralarlo allí, abrazándole por la espalda, tomándole por sorpresa para acariciarlo. Esther no quería sucedáneos. Deseaba al hombre real, al cubano, y le era leal hasta en el pensamiento. Era incapaz de crear fantasías eróticas con otro hombre que no fuera Omar, compartiendo con él un mundo paralelo, en una dimensión donde habitaban felices y hacían vida en común.

Se pasaba el día suspirando y tras largas y aburridas jornadas llegaba a casa y tenía que preparar la comida aún con el ladrido de los perros en los oídos. A veces no sabía si Marcelo le hablaba o si era el continuo ruido de la perrera que se le había metido en la mente lo que estaba escuchando: que si la cena no era de su agrado, que si se estaba poniendo gorda, que si era estúpida porque no sabía pronunciar bien las palabras en alemán, que era un estorbo…

Ella aguantaba porque no sabía qué otra cosa podía hacer. Con él tenía un techo y trabajo, y aunque hacía años que no mantenían relaciones porque él se desquitaba con otras, temía abandonarle. No conocía otra vida que no fuera Marcelo ni quería regresar a la isla como una fracasada, tampoco tenía recursos. Él se encargaba de recordárselo a diario: «Eres una vulgar recepcionista, una secretaria», como si no hubiera dignidad en el trabajo que desarrollaba, que él mismo le había impuesto y que no consistía en estar solo detrás del mostrador atendiendo el teléfono y reservando jaulas, sino que cuando había que ponerse las botas de agua y coger la manguera lo hacía, aparte de ayudar a sacar a los perros de paseo. Esther había incluso aceptado que su marido no le pagara un sueldo porque, según él, aunque la residencia iba bien y estaba siempre llena, los gastos eran muchos y el presupuesto no alcanzaba para ponerla a ella en la nómina. Según Marcelo, controlador y sórdido, Esther tenía todo lo que le hacía falta y más: dinero para ir al supermercado, para comprarse unas bragas nuevas y hasta para un crucero con su madre por el Mediterráneo cuando a él le diera la gana: «Agradecida debería estar».

Pero Esther se sentía vacía. Era un caparazón, una concha lavada por las olas en una playa de su infancia. Lamentaba que su cuerpo terminaría por marchitarse sin ser aprovechado y tenía que contentarse ella sola imaginándose que estaba en los brazos del único hombre al que había querido en su vida. En sus noches de insomnio conseguía escuchar *la voz* cantándole *Lágrimas negras*, sustituyendo dulcemente los ronquidos de su marido y los taladradores ladridos de los perros que querían volver con sus amos, que no querían estar en aquellos cubículos pestilentes que, por mucho que el joven moreno se esmerara en limpiarlos, siempre olían a pienso mezclado con orín. Se había obsesionado con que su piel y su pelo se habían impregnado de ese olor y antes de acostarse se pasaba una hora en el cuarto de baño lavándose la cabeza y restregándose bien el cuerpo con jabón.

A veces se sentía desesperadamente sola. No tenía a nadie a quien recurrir ni cuando se encontraba enferma y se levantaba de la cama para ir a trabajar porque su marido decía que eran tonterías, que él nunca se ponía malo, que todo era producto de su imaginación y que no tenían a nadie que la sustituyera. Él se sentaba en la oficina todo el día sin preguntarle cómo se encontraba o se iba de voluntario por las perreras oficiales para poner a dormir a los animales que ya nadie quería y estorbaban, como ella. ¿Por qué no la ponía a ella a dormir también?, total...

Capítulo siete

Esther se había enfundado un escotado traje azul royal que había mantenido escondido en un rincón del armario de su casa en Alemania. Todavía no se creía que Marcelo le hubiera dado todo aquel dinero para gastar en ropa. Su vestuario consistía en unas escasas prendas que había cosido ella misma y en el trabajo llevaba un uniforme. Él supuso que darle dinero para ir de tiendas era la manera más fácil de quitársela de encima sin que protestara. Según él, era fácil conformar a una mujer con vestidos y maquillaje. Por eso le había dado tanta rabia no poder tener a Simone bajo su dominio aun cuando le compraba conjuntos de última moda o pintalabios. Qué manía llegó a cogerle a la alemana, a ella y a su pelo color platino.

—Oye, este barco es que no se mueve nada, ¿eh, niña? Ni se siente, la verdad. No sé para qué traje estas pastillas contra el mareo. —Doña Asunción había entrado en el cuarto de baño con la cajita del medicamento y se la había puesto delante de la cara a Esther, interrumpiendo uno de sus momentos favoritos, maquillarse los ojos. La presencia de su madre en el reducido espacio del aseo y ese fastidioso gesto le hicieron sentir algo de claustrofobia.

—La verdad es que no parece que estemos en el mar —respondió percatándose por el espejo de que su madre la miraba de arriba abajo.

—Menudo escote, mi niña, ¿tú vas a salir así?

—¿Y por qué no? —desafió reanudando la tarea de recargarse las pestañas, que se le habían quedado un poco apelmazadas, como un ciempiés que hubiese estirado las patas en un charco de alquitrán.

—Pero ¿Marcelo te ha visto con ese vestido? —Su madre parecía contrariada.

—¿A mí qué me importa lo que piense Marcelo a estas alturas, mamá?

—Pero, ¿qué dices? Es tu marido. Y lo bueno que es que nos invitó a este viaje.

—Sí, mientras él se va de putas en su Alicante del alma.

—¡Pero, muchacha! ¿Qué lenguaje es ese? —A doña Asunción le costaba menos esfuerzo reñir al reflejo de su hija en el espejo que cara a cara.

—Que ya no aguanto más, mamá, que me maneja como quiere y me pone aquí y allá donde le interesa y me trata como si fuera idiota.

—Bueno, hija, es que tú tampoco has sido nunca ninguna lumbrera, que se diga.

—¡Mamá! —Los ojos de Esther se encontraron en el espejo con los de su madre.

—Es que casi no terminaste el instituto; hay que ver lo que sufrimos contigo —recordó doña Asunción con una mueca de angustia.

—Vamos a dejarlo ahí, por favor, no a todo el mundo se le da el estudio académico. Yo hubiera sido una buena actriz, si me hubieran dejado. —Volvieron a chocar las miradas de refilón.

—Ah sí, te íbamos a dejar ir a la Península a que te ma-
noseara un godo baboso con la promesa de trabajar en una
película de tres al cuarto. Quita, quita...

—La creatividad no se valora en este país de mierda —
refunfuñó Esther retocándose un poco más las pestañas.

—¿En qué país, si estamos en medio del mar? ¡Y deja ya
de decir palabrotas!

—Oye, ¿nos tomamos una copita antes de la cena? —Se
volvió para mirar a su madre con los ojos algo desorbitados.

—¡Ay! ¡No me digas que te echaste a la bebida en Alemania! —Su típico gesto melodramático de apoyar un
puño en la cintura y reposar la palma de la otra mano en
la frente a modo de visera devolvió a Esther a su infancia
brevemente.

—¡Jesús, por Dios! no seas tan cerrada... Un aperitivo,
eso es todo. —El mal humor empezaba a escapar hacia el
exterior. Hubiera querido contenerse, pero ya llevaba un
rato intentándolo y no podía más. No estaba acostumbrada
a tener que dar explicaciones. Suspiró con fastidio mientras
se limpiaba una motita de rímel que le había manchado el
párpado.

—Ay, hija, me gusta verte el pelo así. —Doña Asunción
ignoró el mal genio de Esther y se acercó aún más para
tocar un tirabuzón que sobresalía de su melena como un
resorte—. Ahora sí que estás guapa. Menos mal que te lo
dejaste crecer, con esos rizos negros, igualitos a los de tu tía
Encarna cuando era joven.

—Bueno, entonces nos tomamos esa copita, ¿no?, venga, que tenemos una hora antes de que empiece la cena,
¡vámonos ya! —Dar esa orden consiguió desahogarla un
poco y atenuar la mala leche que amenazaba con arruinar
la noche.

Antes de salir del baño, Esther se fijó una vez más en los llenos y redondos pechos que parecían querer saltar del vestido, que se ajustaba delicadamente a su cuerpo. El color azul royal contrastaba con el negro azabache de su pelo y con la blancura de su piel. Pero cuando se miró a los ojos para comprobar de nuevo el maquillaje los encontró vacíos y sin brillo y sintió que era una superficie con forma de mujer que no cobijaba nada en su interior, un cuerpo hueco por dentro.

—Mmmm... ¿Qué perfume es ese tan bueno? —preguntó doña Asunción mientras salían del camarote.

Esther se llevó el brazo a la nariz.

—¿No huelo a perro?

—Pero ¿qué dices, muchacha? Tú estás desvariando, ¡anda, anda!, ¡camina!

Disfrutaron de una copa de vino en el bar y después hicieron cola para entrar en el restaurante, que les pareció lujosísimo. Luego se entretuvieron mirando cómo la gente que compartía mesa con ellas pedía de todo para comer, como si se hubieran pasado el mes anterior sin probar bocado y quisieran tragárselo todo de golpe en la primera noche. Esther también tenía hambre, pero le pareció de mal gusto demostrarlo, aunque se hubiera comido un caballo.

Qué bien se sentía en el barco, un reducto aislado flotando en el mar, lejos de Alemania, lejos de su marido que, aunque quisiera, no podría llegar hasta ella. El crucero estaba lleno de gente con ganas de pasarlo bien y por primera vez en mucho tiempo replegó las defensas con las que se protegía del mundo cada día y se dejó llevar por la atmósfera despreocupada y alegre.

Doña Asunción tuvo que admitir que no se podían ir a acostar con el estómago tan lleno y aceptó a regañadientes ir a la sala de fiestas para escuchar una música que identificaba con la imagen de balseros en medio del mar Caribe. Ella también tenía memoria. Se acordaba, por ejemplo, del llanto desesperado de su hija rogándole que la dejara irse con aquel mulato al que nunca llegó a conocer personalmente, pero que no le convenía. «Un extranjero muerto de hambre», habría dicho toda la familia, ignorando las circunstancias personales del cantante y sin pasárseles por la mente darle una oportunidad, porque eso hubiera sido «un escándalo». Para los padres era simplemente un inmigrante que había llegado con una manita delante y otra detrás, y punto. De nada sirvió que Esther les dijera que la madre era dentista y el padre cirujano. Para la niña querían a alguien con un trabajo de fundamento, no un cantamañanas que igual estaba un día aquí y otro allí y que no hubiera podido mantenerla como su *preciada* hija merecía. Eso de trabajar por las noches no podía traer nada bueno. «Cruz perro maldito» pensó doña Asunción para deshacerse de los malos recuerdos y se santiguó mientras caminaba intentando alcanzar por los pasillos a su hija, que parecía haber recobrado la energía que la caracterizaba de pequeña.

Se acomodaron en los amplios y coloridos sillones del fondo. La sala ya estaba llena. Había gente de varias nacionalidades, sobre todo italianos y españoles. Esther disfrutó profundamente de las miradas de los hombres del sur de Europa, que se daban la vuelta para verla caminar con aquella gracia que había vuelto a su cuerpo desde que estaba fuera del influjo de su marido. Se sintió nuevamente admirada, como cuando paseaba por las calles laguneras o por Santa Cruz con su look de Marilyn. El efecto efervescente de saberse deseada humedeció con burbujitas sus caras bragas de encaje, las que no le había enseñado a Marcelo.

Cuando escuchó la voz se le acababa de caer un pendiente y estaba buscándolo por el suelo, agachada junto al asiento donde estaba sentada su madre. Al principio le sonó como si se tratara de un hermano mayor, pero habían pasado quince años desde la última vez que lo vio y ahora tendría cuarenta y tres. Las voces cambiaban con la edad y con el uso y él se ganaba la vida con la suya. Se puso de rodillas y bajó el cuerpo lo suficiente para que la cubriera el sillón. Luego se agarró al reposabrazos y comenzó a subir la cabeza despacito. Solo su frente, sus ojos y sus dedos se veían detrás del asiento. Cuando enfocó la vista descubrió al fondo de la pista a un hombre alto, maduro, moreno y atractivo. Sí, no podía ser otro, era él, era Omar.

—¿Qué estás haciendo, Esther? ¿Lo encontraste? —preguntó doña Asunción extrañada por el comportamiento de su hija.

—Sí, mamá... Lo encontré —dijo mirando a Omar con el corazón en la garganta.

Capítulo ocho

De ahora en adelante, Esther tenía permiso para salir todos los fines de semana. Al haber regresado a casa exactamente a las dos de la madrugada el viernes anterior había demostrado a sus padres que seguía siendo digna de confianza. «Es una chica tan responsable, las apariencias engañan» comentaban los vecinos cuando la veían pasar con los labios rojos, los tacones y moviendo el culo. A la gente sencilla del barrio le extrañaba el aspecto de Esther, pero se habían acostumbrado a su obsesión con llevar siempre el pelo de ese color tan poco natural. La madre sabía que había que manejar a la niña con cuidado. No se la podía presionar mucho por si acaso le diera un arrebato, se le cruzaran los cables y se les fuera para la Península a probar suerte como actriz.

Rocío, que era casi un año mayor y conducía, pitó dos veces para hacer saber a sus amigas que ya las estaba esperando fuera. Elena y Silvia salieron con Esther de su casa y se subieron al coche en una nube de perfume y algarabía. Esther se mantenía serena, aunque los nervios se estaban cebando con sus tripas. No quería confesar a sus amigas que desde hacía una semana había comenzado a experimentar un impertinente interés por aquel cantante. Se moría de ganas por volver a escuchar su voz, a veces tan suave y nasal, a veces tan rasgada y ronca, una voz exótica que asociaba con climas tropicales, húmedos y calientes.

Le encantaba como aspiraba las eses, de una forma más marcada que los canarios, pero similar al fin. Se sentía más cercana a Omar que a los peninsulares, por lo menos el modo de hablar era más parecido. No le gustó nada que durante una visita a Madrid con sus padres alguien le preguntara en tono despectivo si era venezolana cuando la oyeron hablar: «Tú eres sudaca, ¿no?, de Venezuela, seguro» y se había alegrado de tener pasaporte español y no ser emigrante.

La oscuridad del local la envolvió en una sensación de anticipo y excitación. Ahí se podría hacer travesuras sin ser visto. Aparte de la calidez sensual de la voz y el acento de Omar, quería admirar de nuevo ese corpachón fuerte y moreno y esos ojos color miel, chispeantes y pícaros, que la habían perseguido imaginariamente por su dormitorio cada noche.

Faltaba media hora para que empezara a tocar el grupo. Los músicos estarían al llegar, pero ella esperaba que no se le notaran las ansias de verle. Jamás en su vida se había sentido atraída por nadie y parecía que todos esos sentimientos sin experimentar se habían juntado y arremolinado de golpe y con violencia, exigiendo ser desenvueltos y vividos. Había contado los minutos de los días y las noches tirada en su cama, abrazada a su peluche grande, imaginando que era el cantante, jugando con su cuerpo inexperto pero florecido, maduro y en su punto para ser disfrutado.

—Qué linda tú estás. —Omar fue directamente a saludarla al verla en la discoteca y le dio dos besos.

—Gracias. —Esther se ruborizó. La cercanía de Omar le había producido un cosquilleo en el estómago y sintió como los cachetes subían de temperatura.

—Bueno, luego nos vemos. —Fue todo lo que le dijo Omar antes de darse la vuelta y dirigirse al pequeño escenario para ayudar a los músicos.

Lo encontró más frío que la semana anterior, como comprometido por alguna situación. Quizás no le parecería atractiva después de todo. Se había hecho ilusiones en vano. No se había preguntado siquiera si tenía novia, que seguro que la tenía, «¿y si está casado?». No sabía nada del él, ni cuántos años tenía, ni dónde vivía, ni su apellido, nada. Era la segunda vez que lo veía, pero no podía evitar la atracción que sentía y lamentó esa pérdida de control sobre sus propios sentimientos y no entender qué era exactamente lo que le estaba pasando.

—¿Tú qué vas a beber, Esther? —le preguntó Elena.

Esther se quedó pensando un momento. Necesitaba valor para afrontar esta nueva experiencia y no podría hacerlo a palo seco.

—Pues mira, hoy me voy a tomar un ron con Coca-Cola, entero, je, je.

—¿Seguro? —Elena la miró incrédula.

—No creo que me emborrache con una copa. Además, a ti nunca te pasa nada y te bebes tres o cuatro.

No tardó en verla. La mujer, de unos treinta años, estaba apoyada a una columna y no dejaba de mirar al cantante. No se movía al ritmo de la música, simplemente estaba ahí, de pie, observándolo. De vez en cuando Omar le correspondía y un atisbo de sonrisa se colaba entre la letra de las canciones. Así que Esther se tomó el ron de un trago y salió a bailar para ver de cerca a aquella mujer que no era ni guapa ni fea, simplemente indiferente. Eso sí, tenía una melena rubia que le llegaba casi hasta la cintura que por alguna razón le pareció que estaba fuera de lugar.

Las amigas salieron también a la pista porque Esther les había prometido que les enseñaría el truco para bailar salsa como las cubanas. Omar la siguió con la mirada y esta vez la sonrisa no solo se dibujó en sus labios sino que contagió sus ojos, iluminando su cara como un sol y haciendo que todos los presentes quisieran girar alrededor de él, nutriéndose de su luz, de su calor.

¿Cómo podía hacer todas esas cosas a la vez? Omar bailaba y cantaba, la mayoría del tiempo sonriendo, y lo mismo tocaba el güiro que las maracas que la campana o la clave sin perder la concentración. Sus movimientos al compás de la música eran de un equilibrio sutil. A Esther le fascinaba la habilidad que todos los músicos tenían para tocar sus instrumentos y mover los pies y el cuerpo al ritmo de la música. Eran verdaderos expertos en coordinación con esos pasos que daban y ese *jeito* con los hombros cargados de sabor caribeño gracias a un código genético y una cultura rica en mezclas. No era de extrañar que la salsa estuviera arrasando todos los continentes.

La lección duró lo que tardó Omar en cantar una canción que decía «te pone la cabeza mala». Las amigas ya se habían quedado sin respiración y dado por concluida la clase, pero antes de que Esther pudiera irse con ellas a sentarse alguien la tomó del brazo para invitarla a bailar. La música había cambiado y sonaba una pieza más lenta: «Esta vida loca, loca, loca» cantaba Omar.

El veinteañero que la había invitado a bailar, un dominicano que trabajaba en la capital, la apretó por la cintura, la llevó de un lado para otro dando giros y caminaron hacia arriba y hacia abajo. Le costó un poco seguirle el paso, no estaba acostumbrada a bailar con nadie y mucho menos salsa, pero había demostrado tener talento y enseguida se adaptó y copió los pasos del chico, un, dos, tres... cinco, seis, siete. Además, le gustó la idea de que Omar la viera en los brazos de otro y de vez en cuando lo espiaba por encima del hombro de su compañero de baile para comprobar con inmensa satisfacción de que el cantante la seguía con la mirada.

Cuando paró la música la mujer rubia se acercó a Omar, intercambió algunas palabras con él y se lo llevó a la barra de la mano. Esther se quedó en medio de la pista sin saber qué hacer. El dominicano le estaba diciendo algo pero no estaba interesada. Sus amigas le hicieron una seña para que volviera con ellas. Elena había pedido otros cuatro cubatas. Los músicos se acercaron a saludarlas. Después de terminar de un trago la segunda copa, Esther les preguntó, señalando hacia el bar, si aquella era la novia de Omar. El bajista dijo que no, pero que a veces salían juntos. A Esther le entró una desazón que casi la deja fulminada en el sillón y solo se le ocurrió pedirle al camarero, que en ese mismo momento pasaba por la mesa haciendo malabarismos con una bandeja vacía, que les trajera otra ronda.

La segunda vez que salió a bailar salsa ya no parecía tan coordinada. De alguna forma la cintura no le hacía caso, tampoco los hombros. Empezó a reírse, tropezó y se cayó para un lado, pero sus amigas la levantaron con rapidez. Nadie se dio cuenta, solo Omar, que la había estado observando con una expresión seria. «La mujer rubia sigue ahí, ni que fuera su perro guardián», se lamentó Esther deshaciéndose de las manos de las amigas que ahora le estaban rogando que se fueran a sentar. «¡Estás haciendo el pato, tía!» le había gritado al oído Rocío que, después de ella, era la más formalita del grupo. Al final la convencieron y cuando llegó a la mesa se bebió de sopetón el resto del cuarto ron que habían pedido antes de salir a bailar.

—Ya no bebas más —le pidió Silvia—.

—Pero mírenla a la fea esa de las greñas rubias, ¿quién se ha creído que es? Pero ¡qué mal le queda ese pelo! —criticó.

—De esta no te dejan salir más —lamentó Elena.

—Tiene novia—balbuceó Esther.

—Mejor, ese tío no te conviene —sentenció Rocío.

Esther se cubrió la cara con las manos. «Qué mareada estoy» pensó y en su ebriedad odió una y mil veces haberse enamorado del cantante cubano. Silvia la estaba abanicando, Elena le preguntó si quería ir al baño a vomitar y Rocío revolvió el bolso hasta que encontró las llaves del coche. Esther solo quería irse para su casa y abrazar a su oso. Ese sí que la estaba esperando en su cuarto, sobre la colcha rosada. Al pensar en el peluche en el silencio y la soledad de su dormitorio oscuro le entró una pena terrible, rompió a llorar y no paró hasta que escuchó la voz seria del cantante anunciando que volverían el siguiente viernes.

—Pero ¿qué te pasa, Esther?, eh, muchachita, ¿qué te entró? Mira para acá. —Esther levantó los ojos, intentando enfocarlos en la cara reconfortante de Omar, que le sonreía dulcemente acuclillado frente a ella—. Tomaste mucho hoy, ¿eh?, aquí tienes, te traje un vaso de agua, mañana vas a tener tremendo resacón, ven acá. —Esther se estaba cayendo hacia un lado y Omar la enderezó.

—¿Dónde está tu novia? —acertó a decir arrastrando penosamente cada sílaba. El alcohol era el diablo.

Omar se sentó a su lado y le frotó la espalda. «Qué van a decir mis padres cuando vean llegar así a casa» pensó Esther. Tenía una hora para despabilarse. Sus amigas charlaban con el resto de los músicos y la miraban de reojo de vez en cuando. No parecía gustarles las atenciones del cubano.

—¡Joder, qué bueno estás, Omar. Estás más bueno que el pan de Arafo! —Al día siguiente se iba a arrepentir de su franqueza, si es que se acordaba, pero por el momento no podía evitar hablar más de lo que hubiera deseado.

—Gracias, mi vida. —La sonrisa, en vez de reconfortarla, le abrió una grieta en el corazón. Para una vez que se enamoraba, él tenía novia.

—¿Mi vida? ¿Qué hiciste con la rubia? —Se le trababa la lengua.

—Es una amiga na' más, ya se fue para su casa. —Ella hizo un esfuerzo por levantarse para ver si era verdad que se había ido, pero desistió. Le pareció extraño que se hubiera quitado de encima al *perro guardián* tan fácilmente, pero no iba a indagar más sobre el asunto.

—Ten cuidado no te vaya a ver tu mamá así, que no te deja venir otra vez. Vas a volver el próximo viernes, ¿verdad? —A Esther le hizo gracia como dijo esa palabra, un canario hubiera dicho ¿*verdá*? Pero Omar decía algo como ¿*vedtdá*?

—Uf, esto no me lo pierdo por nada, cómo me gusta la salsa, tío. —Se levantó, se giró y sacudió el trasero en la misma cara de Omar, subiéndose la minifalda y restregándole las nalgas en la nariz hasta que el cantante, que estaría pensando: «¡Candela!» reaccionó y la ayudó a sentarse enseguida. Ella solo se percató de su comportamiento fuera de lugar cuando vio que Rocío la estaba mirando con los ojos muy abiertos y tapándose la boca con la mano.

Las tres amigas insistieron en que no necesitaban su ayuda, que no se preocupara más, que Esther estaba en buenas manos. Y que quizás volverían la semana siguiente, pero que no se lo podían garantizar. Todo dependía de cómo se las ingeniara Esther para no ser vista en ese estado, porque sus padres eran muy estrictos.

El aire fresco la hizo sentir mejor, pero tenía mucho sueño. A pesar de estar intoxicada, una vaga sensación de preocupación se coló en su mente por el espectáculo que había dado —¿qué estaría pensando Omar de ella ahora?— y también podía presentir que le iba a costar muy mucho pasar otra semana sin verle. «Omar, amor, amar, Omar, amor, amar». Y con esas palabras flotando por su mente se quedó dormida en el asiento de atrás del coche.

Capítulo nueve

El sonido de los metales y la percusión le recordaron por qué le gustaba tanto la salsa. No había combinación de instrumentos que la hiciera sentir de aquella manera: el estallido agudo de las notas de una trompeta diseccionando el aire y rasgándole como un bisturí el pecho, el beat del bongó reactivando los latidos de su corazón, el peculiar *rancancán* de los timbales acelerándole el pulso... Cada sonido aguardando su turno para entrar en la canción y recubrir la melodía con capas sonoras que la dejaban unas veces nostálgica y otras eufórica. Siempre con un ritmo excitante, cargado de una emoción que a veces le despedazaba el alma y otras la hacían querer comerse el mundo, como una religión para un fanático. «Ay, Dios, ampárame», como dirían los *Van Van*.

La música le traía recuerdos agridulces, pero también le reanimaba los sentidos, haciendo hervir la sangre latina que corría por sus venas y compensando los años grises y desabridos de Alemania, con su aburrimiento, su rutina y sus perros, a los que a veces operaban para que no pudieran molestar a la gente con sus ladridos. La salsa, que Marcelo odiaba, le suministraba un chute de suero para su maltrecha vida emocional.

Pero en estos momentos permanecía petrificada en el asiento sin poder moverse. No sabía qué iba a hacer cuando Omar la viera. No sabía si quería que la viera.

Habían pasado quince años desde la última vez que estuvieron juntos, pero no tenía ni idea de cómo reaccionaría él. Se habían tenido que separar sin una despedida, sin un número de contacto, sin nada. Un día dijeron entre caricias, besos y arrumacos «nos vemos mañana» y ese «mañana» nunca llegó y tuvo que dejarlo plantado sin explicaciones. Los meses que siguieron se convirtieron en un proceso que la fue dejando hueca por dentro, vacía. Pero la agonía que experimentó al no poder verle más no se comparaba siquiera con la tristeza que sufrió por lo que había tenido que hacer después.

Oyó la voz, más madura, más potente, sesgándole el alma y sintió ansiedad. De repente el crucero se convirtió en una ballena blanca y enorme a punto de encallar con ella, el resto de la tripulación y los pasajeros dentro. Suspiró y se frotó los ojos con cuidado para que no se le corriera el rímel. Sabía que su mente hacía esas cosas cuando estaba deprimida o nerviosa. Eran tonterías, manías que se habían hecho sitio en su cerebro para sustituir los sentimientos de angustia, soledad y culpa que la embargaban desde hacía más de una década. Eso era lo que había deducido después de haber leído varios artículos en Internet.

«No voy a poder moverme de aquí en toda la noche». Omar la vería y tenía miedo, miedo de que le recriminara y de que se hubiera pasado todos estos años odiándola por haber desaparecido sin dejar rastro. Lo único que supo de él más tarde fue que se había casado con aquella mujer rubia y que ya no estaba en Tenerife. Eso le habían contado sus amigas: «Te lo dijimos, era un interesado y solo quería la nacionalidad».

Esther no supo entonces expresar con palabras ni el dolor que sentía ante la posibilidad de no verle más ni la seriedad de aquella singular unión a la que todos se oponían. Nunca fue lo suficientemente convincente cuando intentó explicar a Elena, Silvia y Rocío que su relación no era superficial, que había más, mucho más, pero al igual que sus padres y hermanos, sus amigas tampoco atendían a razones. Aunque nunca se habrían atrevido a aludir los verdaderos motivos por los que les disgustaba el cubano, Esther sospechaba que podía tratarse de xenofobia, de ese rechazo a los que venían de fuera que afloraba en ellos sin darse cuenta.

Lo cierto era que nadie de su mundo pudo o quiso creer que se querían de verdad, que él la adoraba y que ella le correspondía… «Es un amor de adolescentes, ya se te pasará» le aseguraban para que le olvidara de una vez por todas, porque, en realidad, no importaba que fuera verdad o mentira que no podían vivir el uno sin el otro.

Pero la pena no pasaba como le habían pronosticado, y la ausencia de su cubano la atosigaba y la dejaba postrada en la cama sin respiración. Sus hermanos, en momentos de crueldad gratuita, le cantaban la *Ligia Elena* de Rubén Blades, la que se fugaba con un trompetista, ahondando aún más en su herida.

Lo que ocurrió luego empeoró aún más las cosas y no poder compartirlo con el primer hombre de su vida la dejó traumatizada. A nadie se le ocurrió llevarla a un psicólogo para ofrecer un tratamiento ni obtuvo el apoyo de la familia. «¿Cómo se sentiría Omar si supiera lo que había pasado?».

Si el cantante la veía tendrían que hablar y quizás se sentiría obligada a contárselo todo y no sabía si iba a poder hacer eso... Aquella clínica fría de baldosas blancas y aquellas caras conocidas de niñas bien venidas a menos que se asomaban a sus sueños cada noche con una mirada de complicidad.

Aquel veinte de enero no pudo hacer lo que sus padres le habían pedido y salió corriendo de aquel centro aséptico. Fue a buscar el coche y se fue por Tejina y Bajamar y luego por la carretera de curvas de La Punta, donde pensó en matarse después de oír la entrevista del artista en la radio local. Pero tampoco se atrevió a hacer eso, así que volvió a su casa llorando aquella noche de lluvia.

Discutió con su madre, con su padre y les retó a que le explicaran cómo se podían ser católicos y no perderse una misa los domingos y no remorderles la conciencia al pedirle a su hija que abortara: «Cómo se puede ser tan hipócrita» les había chillado aquella velada que se prolongó hasta la madrugada, cuando les dijo que había tomado la decisión de tener al bebé. Sus hermanos mayores dormían en el cuarto contiguo, indiferentes al drama familiar que afectaba a la hermana tardía y locuela que les había dado Dios. Ella recriminó a sus padres que la hubieran dejado sola en aquella sala de espera. Doña Asunción le reprochó haberle causado un disgusto tan grande a su padre que le había dado un achaque, el primero de otros tantos que sufrió hasta que el más fuerte se lo llevara a la tumba.

Las palabras de doña Asunción disolvieron los demonios del pasado y la trajeron de regreso a la sala de fiestas del crucero.

—Jesús, qué pálida estás. —A su madre no se les escapaba una, pero Esther tenía que asegurarse de que no asociara su estado de ánimo con el grupo latino.

—Estoy un poco cansada, creo que mejor nos vamos a acostar. —Tarde o temprano alguien presentaría al cantante, hacía un instante uno de los músicos lo había llamado el Pedrito Calvo del Mediterráneo, y su madre se daría cuenta de todo.

Escuchar la voz de nuevo había sido como un regalo divino que no merecía. Omar nunca supo que engendraron un hijo y quizás no la perdonaría por no habérselo dicho. Aunque ella también podía reprocharle que no hubiera apostado por su relación, que no hubiera ido a buscarla para llevársela de allí aunque tuviera que enfrentarse con sus padres. Se podrían haber casado y así él no tendría que haber recurrido a aquella mujer para conseguir la residencia y seguir trabajando.

Aunque tú, me has echado en el abandono.
Aunque tú has muerto mis ilusiones,
en vez de maldecirte con justo encono
en mis sueños te colmo
en mis sueños te colmo de bendiciones...

Omar había empezado a cantar *Lágrimas negras* y el corazón se le agitó en el pecho. La había mirado, pero no la había reconocido. Ya no tenía su melenita corta y ondulada de color blanco platino, ahora era una mujer de treinta y tres años. Sus caderas se habían ensanchado, su cara tenía alguna arruga, su mirada había perdido la ingenuidad de la juventud.

Sufro la inmensa pena de tu extravío.
Siento el dolor profundo de tu partida.
Y lloro sin que sepas que el llanto mío
tiene lágrimas
tiene lágrimas negras como mi vida.

Era su canción, la que recordaba cada noche, la que imaginó que él le habría cantado cuando lo dejó plantado y, quién sabe, igual él se dormía desde entonces tarareándola. Quizás habían establecido una conexión telepática y por eso nunca lo pudo olvidar del todo. A ratos se desprendía de su imagen, pero al anochecer, siempre en la oscuridad, su ancha sonrisa y sus ojos como dos líneas chispeantes volvían a acurrucarse en la almohada y ella acariciaba el aire, recordándole mentalmente que lo quería, que desde que se enamoró de él no había conseguido librarse de su esencia, de su espíritu de niño pillo que la despertaba haciéndola saltar cuando ya estaba alcanzando el sueño o que la destapaba de madrugada.

—¿Baila? —Un pasajero entrado en años y con cara de haber vivido todas las decepciones de la vida estaba invitando a doña Asunción a salir a la pista.

—Ay, no, yo no, gracias… Mi hija, mi hija es la que baila. —Doña Asunción pensó que ofreciéndole a Esther se apiadaba del pobre hombre, que se había quedado esperando con el brazo estirado—. Venga, aprovecha, vete a bailar que es la mejor forma de bajar la comida. —Su madre tan oportuna como siempre. Y cuando se empeñaba en algo…—. Anda, vete, venga, vete, que estamos aquí para divertirnos. —El hombre se encogió de hombros y se presentó ante las dos como Manuel, de

Zaragoza. Esther aceptó con las piernas temblando, no le iba a quedar otro remedio que arriesgarse a que Omar la viera.

Cuando entró en la pista una electricidad interna hizo que moviera los hombros, la cintura, las caderas y los pies al compás de la música que tanto había echado de menos. Su pareja de baile, gratamente sorprendido y aliviado por haber tomado clases de salsa en su jubilación, se animó y empezó a poner en práctica todo lo que había aprendido, que si un *dile que no*, que si un *enchufla doble*... Parecía mentira lo en buena forma que estaba el hombre, girándola una, dos y tres veces y ella, por supuesto, se dejaba llevar sin problemas. Bailando el bolero adaptado a ritmo de salsa su pelo rasgaba el aire y su esencia se derramaba por la pista. Ella había renacido con la voz y con la música latina que la había hechizado ya hacía tanto tiempo.

Tú me quieres dejar, yo no quiero sufrir,
contigo me voy mi santa aunque me cueste morir.
Ay tú me quieres dejar yo no quiero sufrir,
contigo me voy mi santa aunque me cueste morir...

No lo pudo resistir, miró al cantante y se deleitó observando lo bien que le sentaban los años. Su cuerpo y su cara se habían ensanchado un poco, lo que acentuaba su madurez. Se veía más interesante y distinguido, con ese aire de seguridad que a veces da la edad. Se sintió contenta al comprobar que todavía conservaba esa energía contagiosa y esa corriente que daba ritmo a sus pasos pero, sobre todo, fue feliz por volver a ver su sonrisa inextinguible.

Esther fue obligando con pequeños empujoncitos a su compañero de baile a acercarse al escenario, lo que extrañó al pensionista que era el que guiaba. Omar cantaba ausente, a veces se dignaba a pasear su mirada por la sala, de vez en cuando intercambiaba algún guiño con alguna mujer que se había quedado patidifusa ante su imponente presencia y después ojeaba la pista, que estaba llena. Entonces se fijó en ella, igual que lo habían hecho ya los otros músicos y los pasajeros, que llevaban admirándola hacía rato porque no pasaba desapercibida con ese cuerpazo elástico lleno de sabrosura.

Sus ojos se encontraron por fin. En los segundos que tardó Omar en asimilar lo que veía le pasó por la mente que aquella forma de moverse era única, inequívoca. «Me acaba de reconocer» pensó Esther con un nudo en la garganta. Y el recuerdo de que habían sido padres le atravesó el cuerpo y a través de los ojos llenos de lágrimas pudo percibir cómo el ceño de su cubano se fruncía un poco y en su rostro se dibujaba una expresión de sorpresa mientras cantaba.

Amada prenda querida no puedo vivir sin verte
porque mi fin es quererte y amarte toda la vida.

Capítulo diez

Esther entró en la discoteca con el convencimiento de que esa noche su vida cambiaría para siempre. Los instrumentos ya estaban preparados sobre el escenario y se sintió excitada. Buscó a Omar. Verle y estar con él era lo único que le interesaba. No le apetecía bailar, no tenía ganas de socializar y desde luego no pensaba beber. Sus amigas pidieron las copas de costumbre, pero ella se conformó con un refresco.

Se acomodaron cerca de la pista de baile y entonces lo vio, con su traje de chaqueta azul marino y una camisa blanca con el cuello abierto. «Elegante y moderno», pensó, aunque lamentó que llevara una gruesa cadena de oro, un complemento que, a su juicio, en vez de dar lustre, le arrebataba algo de clase. Cuando se acercó luciendo su amplia sonrisa casi se queda sin respiración. «Quiero ir a tomar algo contigo a otro lugar, después del trabajo» le dijo Omar al oído y ella sintió que sus hormonas se revolucionaban.

Esa noche cantó para ella, llamándola cariñosamente *mami* o *mamita*... le dedicó todos los temas y le cambió la letra a las canciones inventando el estribillo para añadir el nombre de Esther, con esa habilidad para la improvisación que tiene la gente cubana. Los demás músicos le seguían la corriente y ella reída divertida. A partir de entonces y durante el mes siguiente siempre se sentó en el mismo lugar, porque él quería verla, saber dónde estaba a cada momento y cada viernes la hacía sentir especial cuando la sacaba a bailar mientras cantaba la canción *Una vez a la semana*.

Las amigas intentaron persuadirla esa noche, pero no hubo manera.

—Nos vemos aquí dentro de una hora, no sean pesadas —les dijo.

—¡No dejes que te desvirgue! —advirtió Rocío con seriedad.

—Quédense tranquilas, solo voy a dar una vuelta.

No se fueron lejos. «Vivo aquí mismo» le dijo Omar y ella no se lo pensó dos veces porque no había tiempo que perder. Una preciada hora no sería suficiente para desenvolver todo el cariño y todas las ganas que había ido acumulando durante tres semanas.

Él la subió a cuestas y corrió calle abajo mientras a ella se le escapaban grititos de nervios y euforia porque, como un niño travieso, tocaba el timbre de los portales que quedaban a su paso y seguía corriendo cargándola en su espalda. «¡Estás loco, estás loco... nos vamos a caer!». Llegaron a su portal, pero no la besó, como ella había esperado, hasta que subieron dos pisos, abrieron la puerta de la derecha y la oscuridad se los tragó.

Esther nunca había experimentado los labios de alguien sobre sus labios y le gustó el tacto húmedo, caliente y carnoso de Omar. Cuando la lengua entró en su boca con esa bocanada de aliento fresco, sintió que su cuerpo entero explotaba de gusto y quiso tragárselo entero.

Sentados en el sofá, Omar le explicó que los músicos compartían la vivienda, pero que no se preocupara, que no iban a venir todavía. Tenían por costumbre salir por ahí todos los viernes y no llegarían hasta bien entrada la madrugada. A ella no le importaba nada. Se sentía segura con Omar y confiaba en él ciegamente. Si le hubiera dicho tírate por un barranco, se habría tirado, tan fuerte era lo que sentía, y de alguna manera había puesto el listón muy alto y esperaba que no la decepcionara. Al fin y al cabo, lo había elegido a él para que fuera el primero que reconociera su cuerpo por dentro y por fuera. Quería que la abriera en dos, que la dividiera por la mitad y se metiera en ella para enseñarla a disfrutar de esas cosas que hasta entonces habían estado fuera de su alcance, porque no le había interesado el sexo hasta que lo conoció y, hasta ese momento, se había imaginado ese acto como una transacción corporal, un simple intercambio de carne y fluidos.

Ella quería saber de qué estaba hecha, si sería buena amante o no. Estaba preparada para comprobarlo y para que la adoctrinara en el arte de ser divina en la cama. Una vez había oído a alguien decir eso de una mujer que a Esther le pareció que había dejado su huella tatuada en la mente de aquel individuo. Entonces dijo «Omar, hazme el amor». Y esas palabras salieron más dulces que cómo ella las había planeado en su mente.

Eso fue lo que hizo Omar, pero de una manera más cálida y generosa de lo que ella hubiera podido imaginar, entreteniéndose en todos los espacios de su piel sin prisas, allanando el camino para que no sintiera ningún dolor, por mucho que ella le rogara que no la hiciera esperar más, que estaba lista para él, como una jugosa mandarina que él desgajaría con delicadeza. Cuando por fin llegó el momento de entrar en su cuerpo, a Esther le pareció que Omar era una llave y ella era una cerradura estrecha y honda. Poco a poco la pelvis de ambos se fue encajando y los cuerpos se fueron enroscando, con las piernas de Esther entrecruzadas sobre la espalda de su cubano, uniéndose despacio y sin prisas. A Omar se le fue la vida en ella y por primera vez identificó el placer físico con una infinita necesidad de cuidar y querer a esa mujer que se le había encaramado en el corazón y se dejó ir, llenándola entera y diciéndole al oído «coge, coge mami, coge...».

Capítulo once

Omar anunció que el grupo haría una mini pausa. Esther pretendía actuar con disimulo para evitar que su madre se diera cuenta de lo que estaba pasando. Ahora que los dos se habían visto, era imposible echar marcha atrás. Podía escuchar los latidos cada vez más irregulares de su corazón. Le faltaba el aire y sintió que la ostentosa lámpara del techo la acechaba como una tarántula gigante a punto de saltar sobre ella y devorarla.

—Manuel, qué bien baila usted, es un bailarín de primera —dijo atropelladamente, intentando no mirar hacia arriba, hacia el iluminado arácnido gigante.

—Pues usted, joven, no se queda atrás. ¡Somos la envidia de la sala de fiestas!

—Necesito pedirle un favor, Manuel. Mi madre se encuentra muy sola últimamente, ¿sabe? y a mí me gustaría que charlara con alguien más, aparte de conmigo. ¿Por qué no va y le hace compañía un ratito mientras yo voy al cuarto de baño, por favor? Y me puede tutear... —mientras hablaba recuperaba la normalidad. Era una lámpara fina, bonita y grande. Sí, eso era todo, un precioso *chandelier*.

—Por ti, buena moza, lo que sea. —El hombre se fue rumbo al asiento donde doña Asunción estaba dando buena cuenta del Baileys que le había pedido su hija.

Esther se dirigió hacia el cuarto de baño caminando sin prisas. Omar había desaparecido y le decepcionó no tener la oportunidad de saludarle después de haberse hecho ilusiones. No se podían ignorar, ahora que se habían visto y no habría nuevas oportunidades para charlar. Cuando dobló la esquina del pasillo lo vio, como si la estuviera esperando, como si le hubiese leído el pensamiento. Ella se acercó despacio atraída por un rostro que no sonreía, que no mostraba ninguna expresión, si acaso un atisbo de incredulidad. Él la miró de arriba abajo y se detuvo unos instantes en su pelo largo y negro, en el pecho rebosando por el vestido azul royal, en las caderas y hasta en los tacones se fijó, como si quisiera comprobar que esa mujer que avanzaba era real, como si tuviera que escanearla para confirmar que era ella, que era Esther quince años después.

—Hola, Omar. —Las palabras salieron de su boca sin ninguna emoción.

—¿*Esthel*? —El cantante parecía dudar. La «l» final pulsó una tecla en la memoria y le dio un escalofrío.

—Qué casualidad, ¿verdad?, ¿quién lo diría? —La atracción física seguía ahí, quizás más fuerte que nunca ahora que Esther era una mujer más madura y experta, aunque no tuviera la oportunidad de demostrar últimamente lo *divina* que se había hecho en la cama porque su marido era un perverso que prefería jovencitas de pelo platino.

Los primeros cinco años de su matrimonio los había dedicado a satisfacer su infinito deseo de sexo mientras aprendía todo tipo de trucos porque, al fin y al cabo, era lo único que la sacaba del tedio y el aburrimiento de la insulsa vida en Alemania. Por la noche, en la cama, se imaginaba que era una esclava sexual que tenía que satisfacer todos los deseos de Marcelo y esa fantasía la había ayudado a sobrevivir con un hombre al que no quería.

Estaban frente a frente, sin saber qué hacer, y aunque la tensión y el magnetismo se podían cortar, el silencio se hizo incómodo. Al final, echando mano de las formas y reglas de cortesía se dieron dos besos. Ahora que lo tenía delante, Esther no sabía qué decirle y él tampoco estaba preparado para afrontar una situación que jamás pensó que se diera.

—Bueno, me voy. Estoy aquí con mi madre y si se entera de que tú eres Omar le da un patatús.

—Espera. No te puedes ir así, sin más. Tenemos muchas cosas de las que conversar —dijo él reaccionando al fin.

—Ahora no es el momento, ¿no te parece? —dijo Esther alejándose por el pasillo para regresar a su asiento, contrariada por no haber sabido aprovechar el encuentro.

—Bueno, vamos a quedar más tarde... ¿A dónde vas? ¡Cuál es la prisa, *caballero*?

—No puedo, quizás mañana, ¿qué haces por la mañana?, ¿estás libre? —preguntó parándose en seco, en un repentino arranque de valentía y con una ocurrencia que no sabía ni de dónde le había salido, pero a la que estaba agradecida.

Omar sugirió entonces la idea de que doña Asunción fuera al *spa* para hacerse varios tratamientos y tener así tiempo para reunirse con Esther entre los ensayos y otras actividades de trabajo que él tenía programadas, porque también era director de animación. Quedaron en verse en el camarote a las once de la mañana.

71

A Esther, haberse reencontrado frente a frente después de tantos años y haber tenido que tomar decisiones en cuestión de segundos le había causado vértigo. Envuelta aun en ese torbellino de emociones se dirigió, tropezando con sillas y gente, hacia donde estaba su madre.

—Mamá tengo una idea genial —dijo llegando a la mesa con una sonrisa—. Gracias Manuel. —Pero Manuel no se inmutó—. Te tengo preparada una sorpresa para mañana por la mañana.

—Ah, pues no sé, aquí Manuel me había invitado a tomar café. —Esther parpadeó sorprendida, Manuel no había perdido el tiempo.

—El pobre es viudo, como yo, y dice que viene todos los veranos solo y que se lo pasa muy bien haciendo amistades, ¿verdad Manuel? —El hombre asintió sin dejar de mirar a doña Asunción.

—Vale, no pasa nada. En vez de tomar café pueden comer juntos después de lo que te tengo preparado.

—¿Y tú, hija?

—Por mí no te preocupes, mamá. —La inminente cita por fin estaba calando su mente.

Ya en la cama, Esther tramó cuál sería la mejor manera de contarle toda la verdad a Omar, «o quizás es mejor no decirle nada» pensó.

Tenía ganas de sentirse arropada por su cuerpo (como había imaginado cada noche) como cuando lo había estado de verdad hacía quince años durante aquel mes, hasta que sus padres se dieron cuenta de que algo pasaba.

Empezaron a sospechar porque la niña salía todos los días más que de costumbre y cada vez que llegaba se iba derechita al baño. Entonces fue cuando los hermanos, como perros guardianes, la siguieron un día y se enteraron de que se veía con un mulato cubano en su casa. A doña Asunción y al marido casi les da algo. Aquello había que frenarlo como fuera, así que la encerraron durante meses en la vivienda sin poder salir o usar el teléfono, *por su bien*, le habían dicho.

Hasta que empezó a hacerse obvio que la niña no estaba sola, que la niña ya no era una niña y un bebé crecía en su útero, en ese órgano que había clamado con un instinto de animal mamífero que lo habitaran, haciendo que Esther rogara a su cubano que la poseyera cada día con toda la fuerza de la que era capaz, porque no había manera de satisfacerla una vez que había probado las delicias de la carne y las hábiles caricias de Omar, que la volvían absolutamente loca, hasta el punto de tener que taparse la boca para no derrumbar el edificio con sus gritos de placer hasta tres veces en la misma mañana. A él le divertía que su española fuera tan caliente, a pesar de tener tantos tabúes religiosos. Ella, por su parte, había encontrado otra forma más placentera de rebelarse contra la sociedad puritana e hipócrita del barrio, no solo teñirse el pelo de color platino, sino con el «pecado» de tener relaciones sexuales antes del matrimonio y no confesarlo los domingos cuando la obligaban a ir a misa.

Capítulo doce

El breve toque en la puerta la sacó de su ensimismamiento. Las once en punto. Respiró hondo. Estaba nerviosa y le temblaban las manos, no sabía si por lo que le
acabaría diciendo a Omar al verlo otra vez o por la necesidad de volver a sentirlo dentro de su cuerpo.

—Cómo has cambiado, Esther, casi no te reconozco
anoche —le dijo Omar, pronunciando la «r» final mientras se escabullía rápidamente por la estrecha puerta—. Se
supone que no debo estar aquí, nos lo tienen prohibido.

—Pues tú no pasas desapercibido, con lo alto que eres
—dijo ella esforzándose por sonreír.

—Calla, que no sabes lo que he tenido que hacer para
llegar hasta aquí, muchacha. —A pesar de sus cuarenta y
tres años, Omar conservaba la frescura juvenil que siempre le había caracterizado. Esther pensó que quizás esto
sería una cualidad típica de la gente de Cuba, pero no
estaba segura.

—Tengo tantas cosas que decirte —dijo Esther, pero
no pudo continuar, porque se le hizo un nudo en la garganta y se dirigió a la pared, avergonzada, apoyando su
frente en la superficie lisa y fría y deseando que se la tragara la tierra, o el mar, ya que estaban en un barco. Se

imaginó saltando por el balcón del camarote. «¿Cuánto tiempo tardaría en caer al agua?».

Omar se le acercó por detrás, sin atreverse a tocarla, hasta que la oyó sollozar. Entonces la abrazó por la espalda, apoyando su barbilla en el hombro de ella y entrecruzando los brazos sobre su vientre.

—¿Por qué lloras, mamita? —le preguntó en voz baja, con dulzura, como si no hubiera pasado el tiempo.

—¿Es que no me guardas rencor por lo que te hice, por haberte dejado plantado, sin explicaciones? —Esther no se atrevía a darse la vuelta. A pesar de sentir aprensión por lo que pudiera ocurrir, el calor del cuerpo de Omar la reconfortaba, pero ¿hasta cuándo querría sentirla cerca? Una vez que le dijera que se había desecho del bebé la repudiaría, le gritaría y preguntaría que dónde estaba, y esa era la peor parte, quizás hasta la zarandearía. Solo lo había visto agresivo en una ocasión, cuando le dio un bofetón a un hombre que bailaba con ella y le había sobajeado el culo. La reacción de Omar casi le cuesta el trabajo en la discoteca. A él y a todo el grupo.

—Eras muy joven, Esther. Yo sabía que tus padres nunca aprobarían nuestra relación. Pero mira, aquí estamos otra vez. El destino lo ha querido así.

—Pero es que han pasado tantas cosas… —A pesar del distanciamiento de los años, la tensión sexual se extendió por el camarote como un gas.

—Ssshhh, calla. —Omar le estaba metiendo su mano derecha en el pantalón elástico mientras le acariciaba la cara con su cara. Ella aguantó la respiración, sintiendo cómo el cantante deslizaba la palma de su mano dentro de las bragas mientras le besaba la nuca y luego le chupaba el lóbulo de la oreja—. Ábrete un poquito —le pidió.

Ella separó las piernas obedientemente y él pudo entonces juguetear con sus dedos expertos, haciendo círculos
en su sexo con la presión justa para excitarla—. Estás
bellísima, mima, te has convertido en toda una mujer
—le susurró al oído y ella juntó las piernas y comenzó
a frotarse contra la mano del cantante, humedeciéndo-
la, y entonces, como si ese detalle hubiera sido la señal
que él esperaba, le dio la vuelta y la guio hasta la cama,
empujándola suavemente para que se recostara. Le quitó
los pantalones y la ropa interior de golpe y se bajó la cremallera mientras ella dibujaba una uve gigante con sus
piernas en el aire. Él tan solo sacó lo que tenía que sacar
para atravesarla como a ella le gustaba hasta derramarse
dentro y llenarla entera. En los minutos de éxtasis que
duró el rito sexual, Esther pudo sentir hasta los tambores
batá latiéndole en las entrañas.

Se abrazaron un rato largo en silencio, calibrando lo
que los años habían hecho con sus cuerpos y sus mentes,
apreciando que, a pesar del paso del tiempo, se siguieran
entendiendo igual de bien o mejor en la cama. Calculan-
do lo que se avecinaba, Esther, algo más tranquila después
de haberse librado del estrés acumulado, y con la compla-
cencia de haber puesto en su lugar sus abandonados órga-
nos internos, jugaba con el collar de cuentas que Omar
llevaba al cuello con los colores azules de Yemayá, la diosa
del mar. Él fue el primero en hablar.

—Lo siento, mima, pero me tengo que marchar. —Las
palabras se convirtieron en miles de alfileres que le acribi-
llaron el pecho a Esther.

—Omar, tengo algo muy serio que decirte. —El cantante sintió el miedo en su voz y la dejó continuar.

Primero le dijo que estaba casada y que vivía en Alemania y luego, entre lágrimas, Esther le contó la versión tantas veces ensayada durante la noche anterior: que se había quedado embarazada, que sus padres la habían encerrado en la casa hasta que abortara, que sus amigas se habían aliado con sus padres y que por eso nunca pudo hacerle llegar una carta, nada. Hizo una pausa y tomó aire para informarle que no abortó, que tuvo el bebé, el bebé de los dos, pero que lo había dado en adopción.

—Era una niña preciosa, Omar, preciosa. —Omar intentó tranquilizarla acariciándole sus rizos negros e intentando sonreír le dijo:

—No te preocupes más de nada, eso sucedió hace quince años.

A Esther casi le da un soponcio porque, de todas las posibles reacciones que se había imaginado, nunca se le hubiera podido ocurrir una escena de indiferencia por parte de Omar como la que estaba presenciando. «Esos cubanos tienen hijos con unas y con otras y ni se casan», le habían repetido sus amigas una y otra vez. ¿Sería posible que el hombre al que había querido durante quince largos años no se inmutara ante el hecho de que tenía una hija con ella y que no sabían dónde estaba?

—Yo también tengo algo que decirte, mami, pero ahora no puedo. Te juro que me tengo que ir ya o me meto en un problema. ¿Podemos vernos aquí mañana, a la misma hora? —Esther no sabía si quería verlo otra vez. Se había quedado confusa y los nervios de las últimas veinticuatro horas la habían dejado agotada—. Pero tienes que prometerme que te vas a quedar tranquila cuando te cuente lo que tengo que contarte y que te lo vas a tomar con calma —advirtió Omar, dándole un beso en la frente y dirigiéndose ágilmente a la puerta—. A las once mañana —reiteró.

Ella se encogió de hombros. Ya sabía que él estaba casado y le importaba un pito donde estaban su mujer y sus hijos. Tranquila se quedaría, más incluso de lo que él se había quedado cuando le dijo que habían tenido una hija, vamos, pero de lo más pancha que se iba a quedar.

Cuando Omar se fue, Esther salió al balcón y miró el mar intensamente azul. Le pareció que si se tiraba por la borda desde allí tardaría al menos diez o quince segundos en llegar al agua.

Capítulo trece

Doña Asunción andaba de aquí para allá en ropa interior y faja, intentando elegir un vestido que conjuntara con los pendientes que se había empeñado en ponerse para la cena. Le estaba cogiendo el gusto a tener que prepararse para salir cada noche, como una de esas damas aristocráticas que había visto en alguna serie de televisión inglesa. Atrás quedaban sus batas de andar por casa y su desidia cotidiana. Ahí había que ir bien arreglado a cenar y le gustaba esmerarse. No se le había escapado el estado de humor sombrío de su hija, pero no quiso darle importancia.

—Pero ¿todavía estás así? ¿No te vas a arreglar? —le preguntó a Esther que estaba recostada sobre la cama mirando el horizonte negro a través de las puertas del balcón.

—No tengo hambre, mamá. Estoy un poco descompuesta. Mejor vas tú y comes con Manuel.

—Yo sé lo que te pasa. Estás echando de menos a Marcelo, ¿a que sí? —Esther se dio cuenta que desde que habían zarpado no se había vuelto a acordar de su marido. Su recuerdo le dio náuseas.

—Lo voy a dejar, mamá. Ya no puedo seguir con él.

—Doña Asunción se sentó en la cama para no caerse del mareo que le había dado al escuchar esas palabras.

—Pero ¿qué dices, muchacha? no seas loca, ¿a qué viene eso ahora?

—Lo odio, mamá. No lo aguanto más. Es egoísta y agarrado y… —No pudo terminar la frase.

—¿Egoísta y agarrado? Sí, por eso se gastó unos cuantos miles de euros en ti y en tu madre para que disfrutáramos de este crucero… egoísta y agarrado, dice.

—Era el precio que tenía que pagar para poder irse con sus amigos sin que yo rechistara o le hiciera la vida imposible. —Se incorporó en la cama y se agarró un mechón de pelo con cada mano con fuerza y cerró los ojos. Eso la relajaba, aliviando la tensión que sentía.

—Bueno, pero por lo menos lo puedes pasar bien, en un crucero precioso de lujo, bailando salsa si te da la gana y comiendo de maravilla. Y tienes que probar el *spa*, ¿eh? ¡menudo *spa*! ¿no ves lo bien que me dejaron la cara? —dijo la madre alisándose el rostro con las dos manos.

—No voy a volver con Marcelo, mamá. No voy a poder. —Ahora zarandeaba la cabeza de lado a lado como un caballo que se asoma por la ventana de su cuadra.

—Pero, Esther, ¿qué vas a hacer?, ¿volver a La Laguna? ¿Y en qué se supone que vas a trabajar, si no tienes estudios ni nada? No sabes lo mal que está todo allí, no hay trabajo ni para los universitarios con carrera.

—Aparte del español hablo y escribo dos idiomas bien. Podría dar clases particulares de inglés y alemán o hacer traducciones. También tengo experiencia en administración o ¿qué te crees que he estado haciendo todos estos años? —Y ahora sí desafió a su madre con la mirada.

—Tú lo que tienes que hacer es descansar esta semana, pasarlo bien y volver con tu marido, que ahí está tu lugar.

—No seas anticuada mamá, quedarse con alguien sin quererle se hacía en otros tiempos. Las cosas han cambiado mucho.

—Ay, señor...

—Mamá, yo me enamoré de un hombre hace quince años y no me lo he podido quitar de la cabeza desde entonces. —Seguía con la vista fija en la cara de su madre.

—Por Dios, Esther, otra vez con la misma cantinela. ¡Deja eso ya, que no eres una niña chica!

—Y tuve una hijita con él mamá, y tú y papá me la quitaron. —Se estaba atragantando con las lágrimas—. Y a nadie parece importarle, solo a mí. Y los médicos me dejaron vacía por dentro, mamá, ¡y ya nunca, nunca más podré ser madre!

Pero Esther estaba hablando sola, porque doña Asunción se había encerrado en el cuarto de baño para maquillarse. Sabía que esa noche sería mejor salir a cenar por su cuenta que quedarse en el camarote oyendo reproches. Así que forzó algo de valentía, se tragó las lágrimas que a duras penas había podido reprimir y terminó de acicalarse confiando en que había desempeñado su papel de madre como mejor había sabido, y que siempre había obrado con el bien de su hija en la mente. Tampoco había sido culpa suya que Esther se hubiera desangrado de aquella forma tras el parto y que le hubieran tenido que practicar una histerectomía de emergencia.

Sin despedirse, salió cerrando la puerta despacio y rogó poder orientarse por aquel entresijo de pasillos que ahora le provocaban una intensa claustrofobia. Necesitaba encontrar a Manuel, pero no sabía cómo avisarle o dar con él. Ni siquiera sabía el número de su camarote. Buscó el abanico en el bolso con parsimonia. El recuerdo del caballero peninsular había logrado darle un mareo y un escalofrío. O sería el recuerdo de su hija, de rodillas, hacía quince años, implorándole, la cara empapada en llanto, su pelito color platino pegado a sus sienes por el sudor, sus manitas de mujer demasiado joven unidas en un gesto de súplica. O se estaría asfixiando ahora por la memoria de su difunto marido, su cara contorsionada y gris, fulminado sin darle tiempo a saber qué le había ocurrido.

Se apoyó en la pared y se abanicó. Tomó aire y por un momento se vio tentada de regresar al camarote, pero esa opción la sofocaría más, así que se armó de valor y continuó caminando. Sabía que solo tenía que llegar a una de las entradas donde estaban los ascensores y las escaleras y allí ya podría leer en el mapa dónde se encontraba el restaurante. Además, por la mañana había sabido cómo dirigirse al spa sin dificultad, lo que pasaba era que estaba un poco nerviosa.

Volvió a apoyarse en la pared y se dio aire nuevamente. En cuanto viera a su nuevo amigo se pondría mejor, estaba segura. Qué diría su marido si la estaba viendo desde el cielo, porque estaba segura de que él estaba en el cielo, cuidándola desde allí, velando por ella, para que no le pasara nada malo. Ella nunca le dio motivos para ponerlo celoso, así que no tenía ni idea de cómo hubiera reaccionado si la viese con otro hombre. Rezarles a Dios y a su marido era lo que la había mantenido centrada todos estos años.

Encontró a Manuel montando guardia en la puerta del restaurante. Parecía algo despistado, aunque posiblemente estaría disimulando mientras esperaba que apareciera por allí esa canaria zalamera que le había hecho tilín. En cuanto lo vio, la nube de culpabilidad que acompañaba a doña Asunción se despejó. Al sentirse mejor se preguntó si había sido una señal que Manuel la estuviera esperando. Quizás su difunto esposo lo puso allí para ella.

Después de la cena fueron a tomar una copa a la discoteca, porque Manuel se había empeñado en enseñarle unos pasitos de salsa y de chachachá. Le costó convencerla, pero cuando doña Asunción se animó y salió a la pista para poner en práctica las lecciones de Manuel, no sabía si era porque de vez en cuando se tropezaba, perdía el ritmo y pisaba a su pareja de baile o qué, pero el cantante no dejaba de mirarla.

Capítulo catorce

La Laguna, fría y húmeda, le parecía una ciudad diferente, incluso más hospitalaria ahora que tenía otra función añadida en su vida de adolescente: desvivirse por un hombre, querer a alguien con los cinco sentidos. Cada anochecer taconeaba de camino a casa con pasitos cortos y rápidos y el eco que le devolvían las paredes de las casas viejas era el único sonido que conseguía penetrar su mente ausente y absorbida por él. Todavía conservaba la calentura en su cuerpo cuando llegaba, sudada y sofocada, con los músculos agotados de tanto amar... la saliva de Omar hidratando su piel. No quería lavarse. Solo anhelaba acostarse así, envuelta en el aroma de su cubano, que se mezclaba con su propio olor y la extasiaba de tal manera que era incapaz de responder con coherencia cuando sus padres le preguntaban qué película había visto o cómo se encontraba la madre de Elena, si ya estaba mejor o cualquier cosa que demostrara que se interesaban por la niña, que estaba cada vez más rara.

Les costó reconocer que Esther se podía estar viendo con alguien. Confiaban en ella y la familia pasaba mucho rato junta, ya fuera cuando iban al mercado, a misa o durante eternos días en casa. Los únicos momentos en que los padres no la supervisaban era cuando salía un par de horas con sus amigas por las tardes.

Al principio, el hecho de que volviera con el pelo un poco revuelto y menos maquillaje les pasó desapercibido. Era algo que simplemente no vinculaban a nada extraño, además no se acordaban de si se había pintado la cara o si se había cepillado el pelo antes de salir. Tampoco le hicieron caso al hecho de que volviera con los ojos como estrellas y las mejillas coloradas y radiantes. Si hacían referencia al respecto ella les comentaba que estaba acalorada porque había vuelto a paso rápido para que no se le echara la noche encima. Comenzaron a sospechar algo cuando empezó a llegar con algún arañazo, con el cuello enrojecido, incluso con un moratón que se parecía más a un chupón que al cardenal producido por un golpe fortuito contra la esquina de un mueble o cualquier idea que para socorrerla le apareciera en su mente anegada de placer.

No fue ningún detalle de su físico lo que por fin les alertó de que tenía novio. Fue que no se acercara a ellos para saludar cuando llegaba y que con cualquier excusa se metiera en el cuarto de baño. Los padres oían correr los grifos y escuchaban los suspiros y canturreos y fue la repetición de lo que se convirtió en una rutina lo que provocó el deseo en sus padres de averiguar más. Por eso enviaron a los hijos a espiarla una de esas tardes en las que ella salía de casa con la frescura de la juventud desbordándose por sus ojos, con un vestido vaporoso que más tarde traería arrugado. Desprovista de malicia, ni se imaginaba que la verían atravesar el umbral del edificio donde había experimentado la felicidad por primera vez, y que aquella sería la última vez que sería feliz.

En aquel apartamento habían transcurrido los minutos más preciados de su corta existencia: cuatro semanas de sesiones sazonadas con picante clandestino, que se prendieron en su alma y que nunca olvidó. El ritual era siempre el mismo, aunque hubiera variaciones en el detalle de las posturas amatorias. Omar le bajaba la cremallera del vestido, besando sus hombros, lamiendo su cuello y cuando el traje se deslizaba al suelo la tomaba en brazos y llevaba a la cama. Pero Esther no era pasiva. No esperaba, remolona, a que él lo hiciera todo, a que la devorara de pies a cabeza. Ella había explorado todas las opciones y registrado las diferentes reacciones de Omar según el recorrido de sus dedos o los caprichos de su lengua y había aprendido a complacerle como una mujer madura y experta y sabía lo que le gustaba y lo que no.

La compenetración entre ambos en tan corto espacio de tiempo era para Omar una prueba de que Esther era la mujer de su vida. Había tenido otras relaciones, pero esta era una compañera para el camino, de la que ansiaba cada día su afecto sin límites, su entrega inocente, su confianza a ciegas. Porque Esther se fiaba de él más que de su propia familia y se había empeñado en demostrárselo cada tarde, permitiéndole que poseyera su cuerpo entero, incluso de maneras que ella había creído imposibles, pues eso era lo único que ella podía darle y si hubiera sido dueña de un imperio también se lo habría regalado. Pero ella no tenía nada, solo su fidelidad y su cuerpo.

Cuando vio a sus hermanos apostados en el muro de las escaleras el estómago le dio una sacudida y soltó un gemido ahogado. Supo que era el fin, porque se ensañarían con ella hasta arrancarle la verdad, así que no se resistió.

Capítulo quince

Esther se quedó tensa cuando oyó la puerta. Su madre se acababa de marchar al spa hacía apenas unos minutos. La había convencido para que probara un masaje con piedras calientes. Eran las once menos cinco. Si era Omar, se lo podría haber encontrado por el pasillo. Se miró en el espejo. Todavía tenía los ojos levemente hinchados de haber estado llorando durante la noche, pero había hecho un esfuerzo y se había maquillado para disimular su rostro demacrado. Aunque le dolía la indiferencia que había percibido en Omar el día anterior, no podía evitar las ganas de verle otra vez. Le había costado quedarse en el camarote por la noche sabiendo que él estaba tan cerca, pero no había tenido ánimos para levantarse de la cama y al final le había vencido el cansancio y se había quedado dormida.

No le apetecía tener que escuchar aspectos de la vida privada de Omar, recordándole los quince años de separación forzosa y su convivencia con otra mujer, pero lo lógico era permitirle que le contara qué había sido de él durante todo ese tiempo, si se había acordado de ella, si todavía la quería o si tan solo le había hecho el amor el día anterior porque le ponía cachondo verla tan vulnerable.

Cuando abrió, Omar se le echó encima, agarrando su cara con las manos, besándole los párpados, los pómulos, la boca... y cerrando la puerta con el pie.

—¿Por qué no viniste anoche, mi amor? Te estuve esperando y no llegaste. —Ella no estaba acostumbrada a esos despliegues emocionales y no supo cómo comportarse.

—No me sentía muy bien, ¿viste a mi madre? —Logró separarse de él y pretendió entretenerse con unas revistas colocadas sobre la mesita del tocador.

—Sí, se pasó la noche bailando con el *papirriqui* calvo —pronunció esa última palabra como *cadvo*—. Óyeme, se le da bien el chachachá a tu mamá.

—Mi madre bailando, quién lo iba a decir. —Se miró el pelo en el espejo y jugueteó con unos rizos que parecían haberse crispado desde que Omar había entrado en el camarote.

—Bueno, mejor tarde que nunca, ¿no? —él hablaba ignorando su frialdad.

—¿Qué era eso que me tenías que decir, Omar? —Lo miró por fin.

—Lo primero que quiero decirte —dijo Omar con su tono de voz más grave y mirándola intensamente con sus ojos color miel— es que te amo, y que nunca he dejado de amarte... ¡Que se sepa! —y dijo esto último con una de sus sonrisas y levantando el dedo índice al aire.

—Me alegro de que estés de buen humor, yo sin embargo me he pasado quince años llorando.

—Ven acá, mi vida, siéntate aquí conmigo —le dijo atrayéndola hacia la cama—, que no sé ni por dónde empezar...

—Ya lo sé todo, ni te molestes.

—¿Qué sabes? ¿qué te han dicho?

—Que te casaste con la rubia... ¿Dónde la dejaste? ¿También la llamas *mami* cuando le haces el amor? ¿Y ella? Te llama *papito*, supongo, y tendrás hijos, me imagino. ¿No te da vergüenza, decirme que me quieres estando casado?

—¿Y tú? ¿No estás casada?

—Como si no lo estuviera.

Entonces, cuando la sintió más tranquila, Omar habló de cosas que Esther nunca hubiera imaginado y para las que no estaba preparada. En primer lugar, le explicó que Marina, la que había sido su mujer, había muerto de leucemia hacía ya diez años; que cuando se conocieron ya estaba enferma, por eso llevaba peluca, porque la radioterapia la había dejado sin pelo. «Qué palo» pensó Esther, «era una peluca, claro...» pero que gracias a ella había podido hacer algo que quizás no hubiera sido posible.

—Tuve que elegir, mamita, no me dieron opción.

—¿De qué hablas?

—Tus hermanos y tu padre vinieron a buscarme un día, cuando yo ya casi había perdido todas las esperanzas.

—¿Qué me estás diciendo, Omar? ¿Mi padre y mis hermanos?

—Tus amigas nunca volvieron a la discoteca y no le podía preguntar a nadie por ti, así que fui a tu casa muchas veces, durante meses, pero no me dejaban verte. Luego me enteré de que estabas embarazada, a puntico casi de dar a luz estabas, cuando me hicieron la propuesta.

—¿Qué propuesta? —Esther había empezado a jadear.

—Que me daban al bebé si yo desistía y me marchaba de allí y no volvía más. Te harían firmar unos documentos de adopción, pero tú nunca sabrías el nombre de los nuevos papás y Marina, que sabía que nunca podría tener hijos porque le quedaba poco y porque me quería más que a nada en el mundo, no te lo voy a negar, aceptó.

Esther tardó unos segundos en asimilar lo que acaba de escuchar. Apenas recordaba la firma de los documentos.

—Pero, entonces... ¿Tú tienes a mi niña? —Se apoyó en el tocador.

—Sí, mi amor. Es una mujercita bella como su mamá de verdad, como tú, y de lo más buena y estudiosa.

—¿Y dónde está ahora? —Esther no sabía si reírse o llorar, como tampoco estaba segura de si debía enfadarse o tirarse a los pies de Omar agradeciéndole que hubiera sido él quien criara a su hija.

—La cuidan mis papás. Tenemos una casa en Nápoles. Dentro de dos días llegaremos allí, ¿te das cuenta, Esther?, es el destino...

—Pero ¿cómo puedes haber pasado quince años sin decirme nada, Omar? ¿Cómo puedes haberme hecho eso?

—Esther, te busqué en listines telefónicos y en todas las redes sociales pero no figurabas por ninguna parte, y no podía preguntarle a tu familia porque había firmado un contrato con ellos, ¿no entiendes?

—¿Qué contrato ni qué ocho cuartos? Omar, ¿cómo pudiste? ¿sabes cómo me he sentido todos estos años? ¿Y mi madre? ¿Lo sabía?

—Ella fue la que lo planeó todo.

Esther no quería seguir escuchando. Sintió rabia y un odio ciego hacia su familia y hacia Omar. Haberla mantenido al margen de esos planes le parecía una crueldad innecesaria. Ella hubiera accedido de habérselo propuesto. Mejor que el bebé estuviera con su padre, aunque lo criara otra mujer, que con gente desconocida. Miró a Omar. Nunca antes lo había visto apesadumbrado.

—¿Fue una buena madre para mi hija? —preguntó aguantando las ganas de abofetearlo.

—Sí, Esther. La cuidó como si hubiera sido suya. La quiso mucho y la trató muy bien a pesar de estar enferma. Por eso no te preocupes. Y yo he estado ahí siempre... Si la vieras, que la verás, te vas a quedar enamorada de ella. Es la muchacha más linda que hay en este mundo. Se parece a ti, pero tiene los ojos verdes de mi mamá.

—¿Cómo se llama? —No conocía el nombre de su propia hija. Estaba intentando contener las lágrimas.

—Luz, le pusimos Luz, porque llegó a mi vida para alumbrarme el camino, mami. —A Omar se le empañaron los ojos—. Yo estaba desesperado, *mima*, no podía vivir sin verte. No sabes lo que llegué a hacer. Fui a ver a un *babalawo*, le recé a Eleguá , hasta me fajé con tus hermanos porque no me dejaban entrar en tu casa. Yo solo quería cuidarte, mimarte y quererte. Cuando me dieron a la niña fue el único consuelo que tuve y no me quedó otro remedio que marcharme. Yo todavía estaba ilegal, se me había vencido la visa porque, aunque Marina se quería casar lo antes posible, todavía tenía la esperanza de estar contigo. Me podían haber deportado y entonces si es verdad que se hubiera acabado todo.

—¿Y no pensaste en cómo me sentiría yo, sin mi bebé, sin saber dónde estaba?

—Claro que sí, todos los días de mi vida, pero ¿qué otra cosa podía hacer yo, mi alma?

—¿Y la niña sabe algo de mí? ¿Sabe quién es su verdadera madre?

—Se lo dije al poco de morir Marina.

—¿Y cómo reaccionó? ¿No quiere conocerme?

—Claro que sí, por eso intenté buscarte en Facebook y todo eso pero qué va, como si te hubiera tragado la tierra.

—Bueno, Omar, pues, creo que habrá que pensar en cómo vamos a arreglar esto. Lo justo es que yo la recupere, ¿no te parece? Ya está bien de tanta injusticia ¿no crees? —dijo levantando la voz. Omar miró el reloj y eso la enfureció aún más.

—*Esthel...* —Esta vez le cayó fatal el oír aquel *Esthel.*

—¡Te tienes que ir? ¡Pues lárgate, anda! —Empezó a darle empujones en el pecho.

—Pero, Esther, cálmate mi vida, cálmate. —Omar intentó cogerle los brazos.

—¡Qué me calme? Mira, sal de aquí, anda, ¡antes de que me ponga a chillar como una loca y te acuse de intentar violarme!

Capítulo dieciséis

Esther no salió del camarote en todo el día. Había hecho un esfuerzo sobrehumano por no tirar a su madre por el balcón cuando llegó del *spa* con una bolsa llena de cremas, aunque ganas no le habían faltado. En los últimos años había intentado perdonar y olvidar, y casi lo había conseguido, sobre todo después de la muerte de su padre, así que continuó aparentando como si nada hubiera pasado, como si no hubiese descubierto la verdad.

Estaba un poco más tranquila y aliviada, aunque no podía evitar los celos que le producía que Omar hubiera disfrutado de la niña todos esos años y la rabia de que tantas cosas se hubiesen tramado a sus espaldas. Culpaba principalmente a sus padres, que ahora más que nunca se le antojaban unas personas llenas de prejuicios y anticuadas. Por su culpa ella se había perdido la infancia de Luz. Ya era una quinceañera, toda una señorita, ¿quién le habría hablado de convertirse en mujer y todo lo que ello conllevaba? ¿La abuela cubana quizás o alguna novia italiana de las muchas que tendría Omar? No sabía si él había tenido más hijos o si se había casado otra vez, no le dio la oportunidad de contarlo.

Doña Asunción anunció de camino al restaurante que pensaba bajar al día siguiente al puerto de Nápoles con

Manuel. Fue lo único que dijo, porque su hija no parecía estar muy conversadora. Esther no sabía qué hacer y había regresado al camarote después de obligarse a salir a cenar. Su madre sin embargo se había ido a bailar. Le había cogido el gusto a la salsa o a Manuel o a las dos cosas y Esther se sintió agradecida de no tener que estar con ella por más tiempo. Le hubiera costado mucho disimular lo que estaba sintiendo. Pero si quería conocer a Luz no le iba a quedar otro remedio que ver a Omar para ponerse de acuerdo en los detalles de la mañana siguiente, y de manera urgente.

Eran las doce de la noche. Tenía que hablar con él como fuera, no podía dejar pasar la oportunidad de estar con su hija. Tenía que tragarse su orgullo. Cuanto más lo pensaba más se daba cuenta de que no era un sueño, era real, su hija de quince años estaba a doce horas de distancia. Se retocó el maquillaje, cogió el bolso y salió.

Escuchar la voz de Omar antes de llegar a la sala de fiestas la devolvió al pasado. Su influencia sobre ella era algo superior, inevitable. Alguien silbó a su paso y entonces sonrió por primera vez en todo el día. Jamás le habían echado un piropo en Alemania. Qué sosos eran. Camufló los nervios tras esa sonrisa y entró en la sala sin que su llegada se le escapara a Omar, que se había pasado la noche mirando la entrada. No disimuló el alivio que sintió cuando la vio llegar. La canción había terminado y un grupo de mujeres lo miraban y se daban codazos. El cantante se dio la vuelta para pedir a los músicos *Vino Añejo*. Aunque era un tema de Rubén Blades, su grupo tocaba la versión de Pedrito Calvo y La Justicia.

Esther no se molestó en buscar a su madre y se sentó en uno de los pocos sillones que permanecían vacíos. Omar la seguía con la mirada.

¿Le importaba que su madre supiera que aquel hombre que cantaba era su cubano, el que le había dado una nieta que vivía en el siguiente puerto? La respuesta era clara: no, no le importaba. Hasta ahora había respetado sus sentimientos porque no quería hacerla sufrir tras quedarse viuda, pero ya era hora de terminar con la farsa. Después de lo que le habían hecho ya no sentía ninguna necesidad de ser condescendiente con su familia. La habían manipulado cuando era joven, aprovechándose de su inocencia, pero las cosas habían cambiado, el tiempo había pasado y ahora era ella la que decidiría las reglas del juego.

La pista estaba llena y le sorprendió ver a su madre siguiendo el ritmo sin problemas. Nunca la había visto bailar. «Más vale tarde que nunca» había dicho Omar en el camarote, seguramente pensando también en que por fin podría conocer a su hija.

Las pasajeras le estaban guiñando ahora el ojo a Omar y haciéndole todo tipo de carantoñas; él parecía que les estaba siguiendo la corriente, sonriéndoles con esa sonrisa que ella pensó que era suya y de nadie más. Así había sido de ingenua. El cantante se pasaba la vida sonriendo, iluminando el mundo que le rodeaba. Había demasiadas mujeres, muchas con las que competir, más guapas que ella, más altas, más simpáticas, más bondadosas, incluso hasta más ardientes... y todas, absolutamente todas, tenían armas afiladas para luchar por lo que querían... ninguna se quedaría rezagada si les interesaba alguien. Esther miró a todos los hombres que se encontraban sin pareja hasta que encontró un grupo de personas más o menos de su edad y le sonrió a uno de ellos, que parecía sudamericano. Funcionó. El hombre, de unos treinta años, se acercó.

Era atractivo y atlético. Le tendió la mano a Esther y ella aceptó. Era colombiano y buen bailarín.

—La vi bailando el otro día —le dijo a Esther al oído, acercándola a su cuerpo—. Quise invitarla pero se fue muy rapidito.

—Bueno, pero ahora estamos aquí —le dijo ella en plan provocador, flirteando descaradamente, y se puso de espaldas al hombre para rozarle con sus nalgas brevemente, haciendo círculos sobre su cremallera al ritmo de la música. El semblante de Omar se endureció unos segundos hasta que dejó el *perreo* para seguir poniendo en práctica los pasos y movimientos más provocativos que conocía y que nunca había usado en público, solo en la casa de Omar, en las mañanas laguneras, entre sesión y sesión de sexo.

Mientras bailaba, Esther pensó que si Omar quisiera podría tener a cualquiera de esas admiradoras que no despegaban los ojos de su atractiva y sonriente cara, de su cuerpo fuerte y bien formado, de su elegancia. Estaba totalmente segura de que más de una se había enamorado de él y de su voz, una voz que las perseguiría por un tiempo, hasta mucho después de que llegaran a sus casas y se incorporaran a sus anodinos trabajos. Soñarían con él por las noches, como ella había soñado durante quince largos años. Las habría embrujado a ellas también.

El coro cantaba «no pasarás, por siempre te quedarás, conmigo...». La voz de Omar cortó el aire y mirándola seria y fijamente cantó:

... me haces sentir como nadie, quédate, quédate conmigo...
No pasarás, por siempre te quedarás, conmigo...
En esta bella historia tú eres mi princesa, tú eres mi delirio...

La magia de la música hizo su trabajo y la enredó de nuevo en esa insoportable ansiedad de querer tenerle, de besarle y le dieron ganas de soltar al colombiano para ir corriendo, tirarse en los brazos de Omar, mordisquearle los gruesos labios y gritarle que lo adoraba, que dónde había estado todos estos años, que sería suya para siempre, que podía hacer con ella lo que quisiera... que lo perdonaba.

Intentó buscar consuelo en las palabras del día anterior. Le había dicho que todavía la quería. De repente se sintió cansada del juego de seducción con su pareja de baile. No tenía energía para seguir poniendo a Omar celoso. Eso eran tonterías de niños, ¿para qué hacerle sufrir? ¿Para castigarle? ¿Qué hubiera hecho ella en su lugar?

Miró a su cantante cubano con ojos cansados y suplicantes y se alegró cuando él le correspondió y le ofreció una sonrisa reconciliadora, con esa complicidad que puede manifestarse en la mirada de dos personas que se conocen y que se aman, como una contraseña, como un código personal que sobrevive al paso del tiempo. Supo que él estaba dedicándole la canción, que sentía cada palabra que emitía, que era un mensaje para ella y nadie más, como una invitación.

... mi diosa, mi princesa... la reina de mi existencia...
No pasarás, por siempre te quedarás conmigo...

Capítulo diecisiete

Esther esperó a que finalizara el espectáculo. Doña Asunción se había retirado al camarote hacía rato y aunque le pidió que fueran juntas, Esther había sido tajante al decirle que no, que ella se quería quedar. Le extrañó la brusquedad de su hija, pero no quería discutir y se marchó acompañada por Manuel y mirando hacia atrás por encima del hombro. No le gustaba que su hija la viera marcharse acompañada, qué podría pensar. Quizás le dijera a sus hermanos que se iba con un hombre por las noches. Esto ocasionaría malentendidos, aunque no tenía intención siquiera de acercarse al camarote de Manuel, por supuesto, pero no quería darle la impresión a Esther de que había perdido la honradez, la dignidad. Dios Santo, qué iba a pensar su hija, había que predicar con el ejemplo.

Esther esperó a que Omar ayudara a los músicos a recoger. De vez en cuando él levantaba la vista y le sonreía. Ella se transportó al pasado. Lo veía sobre el escenario como si estuviera en la pista de la discoteca lagunera. Se le hizo un nudo en la garganta y tuvo que apoyarse en una mesa cuando Omar se dirigió por fin hacia donde estaba ella.

—Estoy aquí porque quiero que me presentes a mi hija mañana —le dijo a modo de saludo.

—Claro que sí, mi amor. Ya está todo arreglado. Te está esperando, y mis papás también —dijo entusiasmado mientras le daba dos besos.

—¿Le dijiste que me habías visto?

—Sí, claro, y se puso contentísima. Aunque está un poco nerviosa, tiene muchísimas ganas de conocerte. No hace sino preguntarme qué vamos a hacer, si vas a vivir allá con ella o qué, imagínate.

Esther no sabía qué iba a hacer cuando regresaran al puerto de Barcelona. No había tenido ningún contacto con Marcelo, pero lo acordaron antes de zarpar: las recogería al final de la travesía y harían lo mismo que el día que salieron, pero a la inversa: se hospedarían en un hotel, luego llevarían a su madre al aeropuerto al día siguiente y regresarían para Alemania con alguna parada para pasar la noche.

Sintió un escalofrío. Reanudar la vida con su marido después del crucero le parecía prácticamente imposible. No sabía qué sentiría al volver a verle. Ni siquiera podía buscar consuelo en convivir con él como amigos, porque no había amistad entre ellos. Nunca hubo camaradería ni intimidad suficiente para compartir ilusiones, ideas ni proyectos que mantuvieran la estabilidad de la pareja. No tenía excusas para seguir juntos. Sospechaba que si él no la había dejado todavía era porque no quería tener que dividir la casa y el negocio.

—¿Y cómo te trata tu esposo? No me has hablado de él… ¿Le amas? —La pregunta la cogió por sorpresa. Omar tenía siempre la habilidad de saber en quién estaba pensando.

—Prefiero no hablar de él ahora.

—Es un hombre con suerte.

—No creas, le caigo mal. —Luchó contra el instinto de agarrarse los mechones de pelo y tirar fuerte de ellos.

—Mentira, seguro que te tiene consentida y te da todo lo que quieres y más. —Esther se rio como hacía tiempo que no se reía y continuó riéndose a carcajadas hasta que le empezaron a salir las lágrimas y la risa se convirtió en un breve llanto que suprimió al instante.

—Estaba pensando —dijo mirando a Omar con el rímel corrido y sorbiendo el agüilla que le bajaba por la nariz enrojecida— en las cosas bonitas que tú siempre me decías y en que lo único que él me ha llamado es «zorra», en la cama, cuando follábamos, o templábamos como dirías tú.

—No me digas eso, mami, que no quiero ni imaginarme a otro hombre tocándote, ni aunque sea tu esposo. —Omar estaba limpiando con la yema de sus dedos las lágrimas negras que habían marcado la cara de Esther, dejando surcos sobre su piel. Le preguntó si no la trataba bien y ella le dijo que no, aunque no la maltrataba físicamente ni nada de eso, desde luego, no la quería. Omar la abrazó y le dieron unas ganas tremendas de partirle la cara a ese cabrón.

—Tú no me has dicho si te volviste a casar, si tienes más hijos o si estás con alguien —preguntó ella.

—No tengo más hijos y no estoy con nadie, mami. La única mujer con la que quiero compartir mi vida está sentada aquí, conmigo. —Y le cantó a capela la estrofa de un bolero que decía: «En la vida hay amores que nunca pueden olvidarse, imborrables momentos que guarda el corazón...».

—¿También has besado otras bocas en busca de nuevas ansiedades, como dice la canción de tu compatriota? No te olvides que la conozco —le interrumpió ella.

Omar sonrió brevemente y su boca se tornó en una mueca amarga.

—Al fin y al cabo tienes muchas admiradoras —continuó ella— y, además, debe ser una ventaja para ti que cambie el panorama cada semanita, ¿no?, así no tienes que darle cuentas a nadie. Seguro que también les dedicas *Devórame otra vez* después de llevártelas a la cama. ¡Ay, Dios! la cara que ponía mi amiga Silvia cuando cantabas aquella canción mirándome.

—¿Por quién me tomas, Esther? ¿También tú vas a caer en la trampa de los estereotipos? Me enamoré de ti porque tú no eras igual que las demás, porque eras diferente. Tú creíste en mí.

—Lo siento, es que estoy metida en un lío que no sé ni lo que estoy diciendo. Esto es muy fuerte, Omar, voy a conocer a mi hija y no solo eso, ella ha estado contigo todo este tiempo, es que es mucho...

—Ya lo sé. —La abrazó más fuerte y le pidió perdón por haberla hecho sufrir y por no haber removido cielo y tierra hasta encontrarla. Se quedaron así un rato hasta que por fin fueron capaces de darse las buenas noches y despedirse, después de haber convenido la hora y el lugar de encuentro al día siguiente.

Capítulo dieciocho

El piso de Omar estaba ubicado en una callejuela del casco antiguo de Nápoles. Nada más entrar, Esther percibió un ambiente caribeño, con plantas y palmeras pequeñas en macetas de cerámica de azules y amarillos muy vivos, cuadros con pinceladas de paisajes cubanos y móviles de terracota colgando junto al balcón por donde entraba una luz blanca que iluminaba la estancia y le daba una atmósfera de paz etérea. Se sintió a gusto inmediatamente y eso consiguió ahuyentar un poco los nervios que la sobrecogían.

Entonces la vio, respaldada por los abuelos, una adolescente alta y delgada, de rasgos finos y de una geometría matemática perfecta; pelo rizado, largo y de color castaño, ojos verdes y piel café con leche. Esther estaba frente a la imagen de una modelo de alta oscura. No era porque fuera su hija, sino porque verdaderamente Luz impresionaba con su presencia y el aura que despedía a pesar de su temprana edad. Y cuando sonrió y dejó entrever su dentadura blanca y bien alineada, como una invitación, se dirigió hasta ella y ambas se fundieron en un abrazo largo y no dijeron nada. No podían, estaban mudas, acongojadas por la emoción. Hacía quince años,

Esther la había podido sostener tan solo unos breves instantes y ahora podía comprobar que la niña era de carne y hueso, que no había sido un sueño, como llegó a pensar en su delirio. Las lágrimas rodaron calientes por su piel.

Cuando por fin se sintió con fuerzas para separarse de ella, Omar le tomó el relevo y abrazó a su hija, besándole los ojos y el pelo. Esther aprovechó para saludar a Sandra, la madre de Omar, una mujer de sesenta y cinco años, de piel muy clara, ojos esmeralda y media melena, ondulada y de color cobrizo que bien la podrían haber hecho pasar por holandesa o irlandesa. Su marido, Ricardo, era un hombre alto y fuerte, un mulato con los ojos y la sonrisa afable que Esther ya había visto en Omar.

—¿Así es que usted es la muchacha que le robó el corazón a mi hijo Omar? —preguntó Sandra con un peculiar modo de romper el hielo. Esther sonrió y miró a Omar con cariño. Le había tomado la mano a Luz.

—Gracias por cuidarla —acertó a decir.

—Ya ves lo bella que es, tiene a todos los italianitos locos, pero a ella no le interesa ninguno. Se pasa el tiempo con su música. —Esther se percató del piano.

—¿Tocas el piano? —le preguntó, curiosa por oír su voz. No la había escuchado hablar todavía.

—Entre otras cosas —dijo Luz con una melosa entonación señalando el estuche de un violín. Su voz era dulce pero grave a la vez y a Esther le pareció madura para su edad.

—Voy a preparar unos mojitos —anunció Ricardo, se abrazó a su hijo y le dio unas palmadas en la espalda—. ¿Qué *bolá?* —saludó.

—Me gustaría oírte tocar —pidió Esther.

—Luego, después de la comida —se adelantó Sandra—. Ven, ayúdanos en la cocina que estoy preparando algo que te va a encantar. —Y dándole un beso al hijo para saludarlo se las llevó a las dos de la sala.

A pesar de las extrañas circunstancias, Esther se sintió bienvenida. En la cocina charlaron y se pusieron al día de muchas cosas, del instituto, de las clases de piano que la propia Sandra impartía a su nieta, de que ni Sandra quería dejar la consulta de dentista que tenía, ni el marido deseaba jubilarse como cardiólogo en el hospital... Ambos habían logrado establecerse en la ciudad italiana cuando Omar les arregló los papeles para que pudieran trabajar allí, dónde él vivió con Marina, cuya madre italiana se había divorciado de su marido canario y regresado a su país natal llevándose a su hija y a Omar con ella. Allí había conseguido Omar el empleo en los cruceros después de haber trabajado en distintos hoteles y allí había muerto Marina. A la madre de Marina la veía de vez en cuando y tomaban un café para que Luz pudiera seguir en contacto, ya que la consideraba como a una abuela por haber ayudado a cuidarla los primeros años de su vida.

Esther pensó en su propia madre, que estaría de excursión con Manuel por la zona. Le había mentido. Le había dicho que se quedaría en el barco para disfrutar del salón de belleza. Habrían sido demasiadas emociones de golpe decirle que lo sabía todo y a la vez ir a conocer a Luz. Igual doña Asunción se hubiera reblandecido y querido ver a su nieta y ¿qué le diría entonces a Luz?: «Mira, esta es la mujer que no quería que nacieras, la que te apartó de mi lado...». No, ya tendrían tiempo de enderezar este desaguisado que, por lo pronto, no era una de sus prioridades. Tenía que pensar además en lo que iba a hacer cuando llegaran a Barcelona dentro de dos días.

Esther no dejaba de mirar a su hija y le pareció extraño que aquella adolescente tuviera algo que ver con ella. Era cierto que se parecían un poco, pero había crecido sin sus costumbres, sin su acento, sin sus gestos y sin saber quién era su verdadera madre. Esther se había preguntado todos los días de su vida con quién viviría, cómo sería, dónde estaría. Saberlo de repente le estaba provocando ansiedad y a la vez alivio. Estaba con ella de verdad, no era un espejismo. Luz estaba a su lado, casi tan alta ya como ella y resuelta como pocas chicas de su edad. ¿Podrían llegar a ser amigas alguna vez? ¿Sería feliz con este arreglo que su padre había organizado para ella, viviendo con sus abuelos después de haber sido criada en su infancia por una mujer enferma que creyó su madre y que luego murió? Todas estas cosas la tenían que haber marcado de alguna manera, quizás por eso se enfrascaba en la música. No estaba segura de que irrumpir en la vida de Luz en ese momento fuera la mejor solución.

Después del lechón asado, el arroz con frijoles, los tostones y la yuca con mojo, Luz se sentó al piano y atacó las teclas enérgicamente para desplegar su talento y gran agilidad con *Erlkönig*, de Schubert. «Vamos, papi, ¡embúllate!» dijo mirando a Omar, pero la abuela le pidió, intentando disimular su orgullo y antes de que Omar intentara demostrar sus cuestionables dotes de barítono, que tocara algo más de andar por casa. Obedientemente, sus dedos se deslizaron por el teclado para arrancarle la melodía de un son cubano que Esther había escuchado pero del que no recordaba el nombre. Ricardo y Sandra comenzaron a bailar instintivamente. Esther los miraba con admiración. Sus cuerpos se entrelazaban con la sintonía y el entendimiento que da el tiempo y con cada paso desandaban el camino hacia su tierra, a sus raíces. Al menos, aunque echaran de menos Cuba, se tenían el uno al otro para consolarse, pensó. Omar la invitó a bailar y las dos parejas recorrieron el salón de un lado para otro, intercambiando a veces miradas llenas de curiosidad.

Esther no quería que el día terminara. No quería afrontar lo que se le venía encima. Quería quedarse allí, en aquella vivienda de tres dormitorios, compartiéndola con esta amable gente, con su hija y con Omar, con él una vez a la semana, cuando el crucero regresaba al puerto de Nápoles. Entonces Luz, que ya fuera porque tenía sentido del humor, por la picardía que le corría por las venas o quizás, quien sabe, igual hasta estaba planeado, se puso a tocar Tiemblas y Omar no pudo resistir la tentación de cantarle a Esther la letra al oído mientras la aferraba estrechamente a su cuerpo.

Tiemblas, cada vez que me ves yo sé que tiemblas.
No hay misterios de ti que yo no entienda.
¿Por qué tratas de ocultar, que yo soy parte de ti?
Vives…
esperando un amor que no recibes,
sin que llegue la dicha que persigues
y es cosa muy natural.
Hubo una adiós, que no derrotó al corazón.
Igual que una raíz, mi presencia quedó…

Esther consideró un tanto presuntuoso que le cantara esa canción, aunque para qué negarlo, era toda la verdad, la historia de su vida. Omar se había quedado arraigado en su mente y ni ella quería a su marido ni su marido la quería a ella.

La angustia le apretaba el pecho. Tenía que admitir lo dependiente que se sentía de Omar, ahora que lo había vuelto a ver, y lo difícil que le iba a resultar decirle adiós, a él y a Luz. Por el rabillo del ojo vio como el móvil que colgaba del techo se convertía en un nido de serpientes.

Se aferró a Omar y se le pasó enseguida, pero seguía asustada porque se sentía incapacitada para darles algo concreto, definitivo, como una fecha para volver a verse y mucho menos un futuro tangible. Por el momento no tenía nada que ofrecerles. Cuando llegó el momento de regresar al barco se despidió de su hija dándole un abrazo sin promesas, sintiendo que la pena se evaporaba por todos los poros de su piel, transformando la armoniosa atmósfera de aquella casa en un ambiente momentáneamente inestable y ácido.

Esa noche, la penúltima, intentó animarse para ir a cenar. Se imaginaba a Omar en su camarote en los bajos del navío, preparándose para su trabajo como jefe de animación antes de que él mismo se pusiera a amenizar la velada de los pasajeros que elegían pasar sus noches bailando salsa, chachachá y boleros. Pero no pudo. Intentó convencerse de que sería buena idea apurar la penúltima noche en la pista de baile y aunque sentía esa efímera felicidad al pensar que todavía le quedaba una noche más y que podría acostarse tarde para aprovechar al máximo lo poco que le quedaba, no se movió. Había disfrutado del intenso día en Nápoles con su hija, en familia, y aunque quería y necesitaba volver a ver a Omar, a pesar de que habían pasado apenas unas horas desde que se despidieron, su cuerpo no funcionaba, sus músculos no respondían. Se le había ido toda la energía del cuerpo.

Doña Asunción también estaba muy cansada y dijo que ya no podía más, que ella no estaba para esos trotes y que no saldría esa noche. Se había comido un plato de frutas en la merienda y se acostaría temprano. Por lo visto lo había pasado muy bien con Manuel y se le notaba un brillo inusual en sus ojos. Esther se durmió pensando que su madre se había enamorado.

Capítulo diecinueve

No tuvo la oportunidad de verse a solas con Omar a la mañana siguiente. No le pareció oportuno mandar a su madre a dar un paseo o al spa otra vez mientras ella retozaba con él en el camarote durante el último día de sus vacaciones, así que tuvo que conformarse con verlo por la noche, la última noche.

El día anterior, de camino al barco por las calles de la ciudad portuaria, Omar había expuesto todo tipo de posibilidades para que se quedara con él: lo podría relevar, por ejemplo, como director de animación, siendo ella quien organizara los eventos durante el día y anunciara las actuaciones también por la noche. Podría incluso sacar a bailar a la gente, si quería, como animadora. Conseguir trabajo en el crucero sería fácil hasta que los dos encontraran un puesto mejor y más estable en tierra. Sus padres le habían ofrecido montar un negocio con el dinero que tanto él como ellos tenían ahorrado, un bar caribeño o incluso un restaurante cubano. Cuando ella manifestó sus dudas respecto al trabajo nocturno, él la rebatió asegurando que él podría dar clases de canto por el día y ella podría dar lecciones de salsa, que hasta una academia de baile pondría si ella quería. Se mudarían a otro apartamento con su hija y empezarían su vida los tres juntos, como siempre debió ser. No era tarde para eso, recuperarían el tiempo perdido. Había opciones, alternativas, fórmulas, que no por falta de trabajo se marchara para siempre con un hombre a quien no quería y con quien no la unía nada.

Esther lo escuchó inundada por una sensación de incapacidad mental, años de matrimonio con un maltratador psicológico la habían dejado insegura, asustada frente a la necesidad de tomar decisiones. Le costaba calibrar las consecuencias de lo que pasaría si le dijera a Marcelo que ya no iba a regresar con él. Seguramente la llamaría idiota y le ordenaría que se subiera al coche inmediatamente, que quedaba un largo camino por recorrer y que les esperaban los perros o que el empleado ya estaría con ganas de que lo relevaran de tan pesada tarea y necesitaría que le echaran una mano. Le había dado un escalofrío al recordar la residencia canina e instintivamente se había olido la piel del antebrazo. Olía a ajo y a perfume dulzón.

Escogió su único vestido de gala para la última cena. Un traje largo y plateado ceñido a la cintura y con un escote en pico por delante y por detrás. Doña Asunción había ido a la peluquería del barco y su pelo gris y blanco brillaba en ondas perfectamente peinadas.

Disfrutaron de un banquete excepcional, pero la madre estaba distante y ansiosa, incluso había vuelto a sacar el abanico un par de ocasiones. Esther imaginó que serían los nervios del viaje de regreso, de tener que volver a hacer la maleta, volar sola a Tenerife al día siguiente y a saber qué se encontraría allí. Igual le habían entrado a robar en la casa o las plantas se habían puesto mustias con la ola de calor que pregonaron las noticias y que avivaron varios incendios en los montes de pinares. Esther no tenía ganas de contarle nada de lo que había estado sucediendo durante el crucero, pero había llegado el momento de hacerlo.

Después de la cena regresaron al camarote para hablar. Eran las diez y media de la noche, mala hora para iniciar una conversación de tal envergadura, pero Esther ya no podía posponerlo más. Cuando le dijo a su madre quién era Omar, esta contestó que se lo había estado imaginando, que su cara se había transfigurado, como cuando se había enamorado de él hacía ya quince años. No reaccionó como Esther había anticipado. En realidad, doña Asunción parecía tranquila. Eso sí, no se despegó de su abanico durante la conversación, que abrió repetidas veces con energía para darse aire cuando Esther le contó que había conocido a Luz. Esther, conociéndola, sabía que llevaba la procesión dentro.

Esther habló sin reclamarle nada y sin reproches. Solo expuso los hechos y no se detuvo a reparar en la injusticia que a su juicio se había producido hacía ya tantos años. Durante la conversación, doña Asunción mantuvo una expresión de alivio y resignación. Cuando Esther terminó, pensó que era hora de contarle a su hija su tragedia personal, la que quizás coloreara las decisiones que tomó en su día, marcada como estaba por la traición y el dolor que sufrió su madre, la abuela de Esther, cuando fue abandonada por el padre de esta, que emigró a Cuba para nunca volver.

Don Miguel, el bisabuelo de Esther, era palmero y aunque Esther sabía que su familia procedía de La Palma, nunca supo por qué su bisabuela se trasladó a Tenerife con su hija pequeña. Allí, madre e hija se desgastaron las rodillas fregando suelos para la gente acomodada de La Laguna. Doña Asunción le contó que don Miguel tuvo que emigrar a Cuba, como tantos otros isleños que padecían hambre y miseria, y una vez allí consiguió trabajo en las plantaciones de tabaco. Primero como recolector y más tarde como capataz. Fue ahí cuando le perdieron el rastro. Su abuela, doña Amparo, y su madre, Candelaria, no supieron más de él, imaginándoselo muerto en una choza de mala muerte mientras se lo comían las moscas, hasta que un día se enteraron de que don Miguel estaba bien, pero que tenía ya otra familia con otra mujer, una cubana que lo había embrujado con un ritual de santería, un cuento que se convirtió en legado familiar. La madre de doña Asunción nunca hizo nada por conocer a sus hermanastros de Cuba, ni ganas que tenía, y don Miguel nunca se preocupó de la familia que dejó atrás. Simplemente abandonó a su esposa y a su hija como si nunca hubieran existido, como si no tuviera pasado. En su mente de niña, doña Asunción había aprendido a odiar a la cubana que según le contaban su madre y su abuela, le había «robado» a don Miguel y había causado tanta desesperación a doña Amparo, que habló de él hasta el último aliento. Doña Asunción había aprendido a desconfiar de todos los que venían de aquella isla del Caribe.

Esther no supo si eso era una disculpa. La verdad es que su madre no le pidió perdón. Se limitó a justificar su comportamiento echando mano al pasado y culpando a su propio abuelo por el odio y los sentimientos hostiles que le inspiraban los cubanos.

Doña Asunción tuvo que confesar que nunca se debería haber llevado por ese tipo de sentimiento irracional. A saber si la cubana supo nunca que don Miguel ya tenía familia. Él era joven todavía cuando se marchó y pudo haberla engañado o simplemente omitido la verdad. Ya nunca lo sabrían.

Así fue como Esther se enteró de una parte de su pasado que nunca había sido contada y que pertenecía al tipo de sucesos que se escondían por «el qué dirán» y la intención de mantener las apariencias. Suspiró. Nunca se sintió cómoda con esas reglas sociales que no estaban escritas en ningún sitio y que negaban a la gente la capacidad de sentirse libres y felices. Esos prejuicios habían causado malentendidos y ella había sufrido por culpa de las acciones de su bisabuelo y por el resentimiento que heredaron sus descendientes. Si por lo menos su madre le hubiera hablado con sinceridad, si hubiera abierto un diálogo, quizás las cosas habrían sido diferentes, pero simplemente se habían negado a aceptar que Omar pudiera ser una persona seria y trabajadora, no le concedieron el beneficio de la duda.

Mientras se pintaban los labios para acudir por última vez a la sala de fiestas, se sintieron cansadas, pero liberadas de toda carga. Doña Asunción, a la que no le había quedado otro remedio que desistir en su empeño de que su hija volviera a Alemania con su marido, le preguntó qué pensaba hacer y Esther se había quedado mirándose fijamente al espejo, como esperando a que fuera su reflejo el que hablara, el que decidiera por ella y le dijera precisamente eso, qué demonios iba a hacer ahora.

Capítulo veinte

Cuando entraron a la sala de fiestas, Esther pudo ver cómo Manuel le hacía un gesto a Omar y este asentía con la cabeza y seguía con la mirada a madre e hija, que se dirigían hasta donde las esperaba solícito el pensionista.

Esther se percató de que Omar se relajaba al verla. Ella tenía la mente desordenada y no podía evitar de repente volver a sentir que estaba dentro de una inmensa ballena blanca que se los había tragado a todos y que los vomitaría al día siguiente por la mañana, para engullir a más pasajeros felices de iniciar un crucero de lujo por el Mediterráneo.

Marcelo estaría apurando su última noche en Alicante, diciéndole a sus amigos que no quería beber mucho porque pasaba de conducir con resaca. Ella pidió un ron con Coca-Cola y recordó con alivio que Marcelo ya no quisiera tener relaciones sexuales con ella. No hubiera podido resistir que la volviera a tocar, no después de haber vuelto a perderse en el cuerpo de Omar, después de haber recuperado aquel olor y la combinación del olor de los dos que tanto la había enloquecido años atrás.

Doña Asunción casi no tuvo tiempo de sentarse porque acababa de empezar la canción que Manuel le había pedido al cantante: Lo mismo que a usted. Manuel la había tomado por la cintura para llevársela a la pista y una vez allí, en la intimidad de la sala oscura, sus cuerpos se estrecharon fuertemente. Doña Asunción pensó que le iba a dar un desmayo, pero se dejó llevar.

A mí me pasa lo mismo que a usted.
Nadie me espera, lo mismo que a usted.
¿Por qué me sigue negando el amor que voy buscando
lo mismo que usted...?

Esther comprendió que Manuel y su madre se habían enamorado, y mientras su destartalada mente se esmeraba en darle sentido a todo lo que les había ocurrido a ambas durante esas cortas vacaciones, se entretuvo viendo cómo doña Asunción se había transformado en otra persona y se sintió feliz. Se rio para sus adentros imaginándose lo que dirían sus dos hermanos si se enteraran de la formidable situación en la que se encontraba su madre a sus setenta años, reviviendo todo otra vez como una adolescente de dieciséis, ilusionada y permitiéndose el lujo de reconocer que no se le había acabado la vida aún, que tenía un futuro por delante, unos cuantos años más de alegrías hasta que por fin su cuerpo decidiera que se había cansado de recorrer el camino y que su mente, desgastada por años de esfuerzos, comenzara a plegarse, apagando sus últimas neuronas una a una.

Entonces terminó la canción y empezó otra que hizo que Esther se tragara el hielo que tenía en la boca, sobre todo al ver que Omar se dirigía a ella, invitándola a bailar como lo había hecho en aquella discoteca lagunera. Algunas admiradoras los escrutaban, incrédulas y celosas. Manuel le guiñó el ojo a Omar. Algunas parejas les señalaban y sonreían y ella intentaba cogerle el paso mientras él, micrófono en mano, le repetía que su fin era quererla y amarla toda la vida, hasta que el estribillo «tú me quieres dejar, yo no quiero sufrir» de *Lágrimas negras* empezó a acribillarle los oídos y disimuladamente se separó de él dándole las gracias como si no lo conociera de nada y todo hubiera sido un gesto espontáneo de un amable hombre del espectáculo. Omar, sorprendido pero sin dejar de cantar, la vio alejarse mirando el techo a hurtadillas mientras una francesa espabilada se le escurría entre los brazos para seguir bailando con él. Esa noche la canción fue más corta que de costumbre.

Durante el descanso, Esther llamó a Omar para presentárselo a su madre. La situación fue tensa por un momento, pero necesaria. Manuel no se enteraba de nada. Seguramente doña Asunción no se atrevería a contarle la verdad y si lo hacía estaría adornada por alguna floritura para dejarla bien y exenta de cualquier culpa.

—No puedo creer que te vayas mañana. ¿Qué vas a hacer? ¿Qué has decidido? —instó Omar después de intercambiar con doña Asunción varias frases de cortesía.

—Quiero estar contigo, Omar, y con Luz, pero no sé si tendré el valor de enfrentarme a Marcelo mañana en el puerto. Será mejor esperar.

—Si quieres yo bajo contigo y le hablamos juntos.

—¿Estás loco? —Lo miró horrorizada. Por primera vez se dio cuenta de que Omar podría ser capaz de crear una escena y redimirse así de sus intentos fallidos del pasado.

Conociendo a su marido, se lo imaginaba averiguando quién era ese Omar y una vez descubriera que trabajaba para la compañía de cruceros lo denunciaría y lo acabarían echando. «¡Ay, qué va, qué va!» se santiguó como no lo había hecho en tantísimos años.

Omar tuvo que empezar a cantar otra vez, molesto por no tener una respuesta. Pensó usar a Luz como última instancia para convencerla, aunque le pareció de mal gusto meter a su hija por medio. Cualquier decisión tendría que partir de Esther, pero no la veía con fuerzas como para llevar a cabo una separación y le dolía imaginársela sola y maltratada en un país extranjero, sin nadie que la ayudara, sin nadie que la amara y la estrechara fuertemente en sus brazos y le arrancara lágrimas, pero no de tristeza, sino de puro placer.

Manuel y Omar se quedaron con las ganas de pasar la noche con aquellas mujeres remilgadas y tozudas que anteponían prejuicios a la oportunidad de darse un gusto por última vez. Los dos estaban decepcionados por tener que verlas marchar, argumentando cansancio y necesidad de seguir haciendo la maleta y, en el caso de doña Asunción, que ella no se iba con nadie sin estar casada. Además, había que abandonar el camarote a primera hora y no les daría tiempo de nada.

Omar no pudo ocultar su disgusto cuando se dieron un breve beso de despedida sin que Esther fuera concisa y le diera una respuesta firme y a Manuel se le humedecieron los ojos cuando vio la figura frágil de su doña Asunción alejándose por el pasillo, sabiendo que la vería en el desayuno quizás por última vez. Se había ofrecido a llevarla a un hotel antes de tomar el vuelo a Tenerife. Él estaba dispuesto a cambiar sus planes para quedarse una noche más, ansioso como estaba por compartir cama con su canaria del alma, pero ella no cedía.

Cuando los dos hombres se fueron a dormir, cada uno de ellos tenía un plan en mente para el día siguiente, porque ellos también eran tercos y no se darían por vencidos.

Capítulo veintiuno

Mientras esperaban para descender del barco, Esther y doña Asunción intercambiaban miradas nerviosas. Estaban angustiadas por haber llegado al final del viaje y no saber qué pasaría en adelante. A doña Asunción, tener que renunciar a la amistad que le brindaba Manuel la estaba martirizando, pero no veía cómo su relación podría ir más allá, con ella viviendo en las islas y él en la Península. Esther intentaba no desconcentrarse y ensayaba mentalmente los pasos a seguir cuando tuviera a Marcelo frente a frente. No le diría nada hasta que se despidieran de su madre, pero para cuando llegaran a Alemania ya le habría pedido el divorcio.

No tardaron en ver el llamativo vehículo rojo en el puerto. Su marido las esperaba de pie, junto al coche, apoyado en la puerta abierta. Aun desde lejos, se notaba claramente que estaba pálido y ojeroso. «Lo que se habrá metido en el cuerpo» pensó Esther. Se secaba constantemente el sudor de la cara con un pañuelo y miraba el reloj como si fuera un tic. Parecía nervioso. Eso la descentró, rompiendo el esquema de lo que tenía previsto hacer y un mal presentimiento le aflojó las piernas al escuchar sirenas que se acercaban. Marcelo empezó a mirar para todos lados y a caminar como un león enjaulado, de un lado a otro.

Los pasajeros que habían desembarcado se arremolinaron en el puerto, poniéndose las manos como viseras para divisar mejor los vehículos de la Guardia Civil que se acercaban haciéndose paso entre la gente. Doña Asunción se asustó cuando comprobó que se dirigían hacia donde estaba su yerno. Observaron la escena como si todo estuviera ocurriendo a cámara lenta. Vieron como le pedían la documentación, como intercambiaban palabras y como uno de los agentes lo metía en el coche.

—¡Ay, Dios mío! ¡Seguro que iba conduciendo como un loco! ¡Y sin las manos en el volante! —conjeturó doña Asunción. Ellas miraban, sin poder llegar hasta allí. La gente descendía despacio, sin prisas. Manuel había logrado encontrarlas.

—Por fin, pensé que no iba a poder despedirme de vosotras. —Su expresión de alivio se convirtió en preocupación cuando se percató de que algo pasaba.

Omar y Manuel habían planeado intervenir antes de que se subieran en el coche, uno con un álbum de fotos de Luz, la evidencia de una adolescente que necesitaba a su madre, y el otro con una propuesta de matrimonio que no llegó a pronunciar. Doña Asunción suspiró al verlo y después de contarle lo ocurrido, Manuel se ofreció a acompañarlas a la Guardia Civil. Esther envió un mensaje a Omar para ponerlo al día y prometía llamarlo en cuanto pudiera. Fuera lo que fuese que había atraído a la Guardia Civil hasta allí, sería motivo suficiente para justificar dejar a su marido. Lo tenía claro. Cuando por fin pisaron tierra, Manuel fue a buscar un taxi.

Esa tarde Omar recibió una llamada de Manuel. Esther seguía en la comandancia, pero ya estaban en situación de poder contarle que Marcelo estaba acusado de haber violado a una menor en Benidorm, una chica extranjera de quince años a la que había dejado bastante maltrecha. Él no sabía nada más, solo que algún testigo había dado una descripción de Marcelo y del coche, que habían localizado por fin en las cercanías del puerto de Barcelona. Eso sí, a Manuel le había llamado la atención la resignación y desasosiego de Esther cuando el guardia civil, algo sorprendido, le había contestado que sí, que la chica tenía el pelo rubio platino.

Lo que continuó fueron días que permanecerían como una densa bruma en la mente de Esther. Por primera vez había tenido que tomar decisiones por sí misma, sin las instrucciones de Marcelo, que sería juzgado mientras ella arreglaba los trámites para alquilar la casa de Alemania y traspasar el negocio. Encontró apoyo en el empleado de la residencia canina, era la única persona con la que había tenido un trato diario y a quien pudo confiarle lo que había pasado. Por suerte, él se haría cargo de la perrera con su novia. Esther nunca le había preguntado si tenía pareja, no le había interesado, para ella solo era un hombre que le había recordado a Omar y ahora no se le parecía en nada al cubano. Lo único que necesitaba era marcharse de allí y estaba agradecida de poder contar con él. No podía soportar la idea de quedarse en aquel país por más tiempo.

Capítulo veintidós

Se había quedado dormida momentáneamente, acunada por el rítmico sonido del ir y venir de la marea y el calor reconfortante del sol sobre su piel. Sonrió cuando sintió a Luz a su lado. Se acomodó y abrió los ojos despacio. Su hija se había dado un baño en el mar y las gotitas que resbalaban de su cuerpo la habían salpicado sin querer. Omar seguía junto a ella, leyendo una revista. Las gafas de sol lo hacían todavía más irresistible y sexy. Se esforzó por dejar de mirarlo embobada y se concentró en el horizonte azul.

—Hola, dormilona —la saludó al fin Omar acariciándole una mejilla y el pelo.

—Hola —respondió Esther acercándose y mordisqueándole los labios.

—Óigame, no coman delante de hambrientos —dijo Luz con los brazos en jarra.

—Qué descarada —le recriminó su madre—, pero si a ti ni te interesan los chicos todavía.

—¿No le has hablado a tu mamá de Amalio? —le preguntó Omar.

—¿Amalio? ¿Quién es ese? —inquirió Esther sorprendida.

—Un muchacho que sirve copas en el bar de la piscina —respondió Luz con desgana. Todavía no se sentía cómoda hablándole de sus cosas.

—No te vayas a enamorar ahora, que nos vamos mañana —advirtió Esther.

—Yo no me quiero ir. —Se sentó entre Esther y su padre sin disimular los celos que le provocaba compartir a Omar, por mucho que le alegrara haber recuperado a su madre biológica.

—Yo tampoco, pero tenemos muchísimo que hacer. Vendremos pronto, no te preocupes, y la próxima vez nos traemos a tus padres, Omar —dijo Esther levantándose, atraída por el mar turquesa. Cuando empezó a caminar sintió que se había quemado la piel, la tenía roja.

El Caribe le lamió las piernas con su dulce calidez. Se dio la vuelta y llamó a Omar: «¿No vienes?» le preguntó, «sí, ahora mismo» le contestó él levantándose ágilmente. Ella le esperó en la orilla sonriendo, pensando que ojalá su buena suerte no fuera frágil y pasajera, que persistiera por muchos años, por lo menos quince más, para compensar el tiempo vacío y hueco sin su hija y junto a Marcelo. La cercanía de Omar disipó el mal recuerdo de su exmarido y al verlo así, con su genuina sonrisa, su parsimonia y sin complejos, confió en que su relación sería tan estrecha y duradera como la de Sandra y Ricardo.

—Ayyy… te voy a devorar aquí mismo, mama. —Se abrazaron. Cómo se podía desear tanto a una persona, pensaba ella mientras se separaba y acariciaba los bíceps de Omar. Se dejó guiar de la mano y salpicar por el niño revoltoso y travieso que Omar llevaba todavía en su interior y que parecía inmortal. Se rieron y nadaron un rato, hasta que se les despertó el instinto insaciable de querer compartir un mismo espacio y formar parte del mismo cuerpo.

—Luz, nos vamos al apartamento, ¿vienes? —dijo Esther jadeando. Había salido del agua y había corrido hasta la toalla, seguida de Omar.

—No, me quedo aquí un rato más —dijo Luz mirándoles y adivinando que estorbaría si les acompañaba.

Eran las tres y media de la tarde, la hora de la siesta, la favorita de Esther para retozar en la cama. Su cuerpo quemaba bajo el sol del trópico. Se olió los brazos. Olían a sal. Qué equilibrada se sentía desde que se había alejado de Alemania, de Marcelo y de los perros, aunque era consciente de que esa alegría suprema era el resultado de tener por fin lo que tanto había deseado. Hacía tiempo que ni siquiera le veía a las cosas el parecido con los animales. Era cierto que le estaba costando encajar en su vida a su hija y a Omar, y se daba cuenta de que el sentimiento era mutuo. Ellos también tenían que hacerle sitio a ella, «no es fácil», como decía Omar, pero sabía que sería cuestión de tiempo hasta que se acoplaran perfectamente a los moldes de una familia, cada cual desempeñando su rol.

Esther se había ido con una maletita pequeña a Nápoles, después de dejar la residencia canina al cargo del muchacho moreno y alquilar el apartamento. Los trámites de divorcio estaban en manos de abogados, los papeles no tardarían en llegar.

Ahora que por fin se habían mudado a la nueva casa, dejando el otro apartamento a Sandra y Ricardo, y que habían firmado el contrato de alquiler para el local del club de salsa, podría dedicarse a hacer las cosas que nunca pudo hacer en el pasado. Saldría por ahí a tomar un *espresso*, conocería gente, pasearía con su hija, a quien le había encargado que le enseñara la ciudad, y se compraría ropa con el dinero que pronto ganaría como profesora de baile. Por fin sería independiente.

Pensó un momento en su madre. Manuel la había visitado un par de veces en Tenerife, pero no pudo convencerla para que dejara La Laguna. Ella no se casaría con él. «¡A mis años!» había dicho, y él tampoco quería abandonar su tierra. Esther la imaginó arropada por su comunidad y su rutina, yendo al mercado los sábados y a misa los domingos, recibiendo visitas de amigas y familiares a quienes ofrecería bizcocho de limón y cafecitos muy negros y azucarados y deseó que algún día Luz comprendiera lo que pasó y quisiera conocerla. Tenía que inculcar algunos principios en su hija, como el de saber perdonar.

De camino al apartamento, cogidos de la mano, a Esther se le ocurrió de pronto que no sabía dónde estaba enterrada Marina y le entró una pena súbita cuando la recordó apoyada en aquella columna de la discoteca lagunera, mirando a Omar extasiada, como si el mundo no existiera, solo él. A pesar de sentirse colmada de atenciones, de estar totalmente satisfecha, Esther sintió el cosquilleo en la nariz y el agarrotamiento en la garganta que precedía al llanto. Con todo lo que había pasado en los últimos meses no había tenido tiempo de reparar en el papel que había jugado esa mujer en la vida de Omar y su hija. Estaba agradecida, al fin y al cabo ella había cuidado bien de Luz, quien parecía recordarla con cariño y respeto. Se la imaginó intentando darle un biberón mientras luchaba contra las náuseas que le provocaría el tratamiento. Cuando regresaran, pondría unas flores en su tumba.

—Omar...

—Dime, mi amor.

—¿Dónde está enterrada Marina? —Omar la miró sorprendido y le comentó que Marina quería que la incineraran y así fue.

—¿La echas de menos? —Omar rodeó el hombro de Esther con su brazo caliente y la acurrucó en su pecho unos segundos. Siguieron caminando.

—¿Por qué me preguntas eso ahora, mami?

—¿Qué hiciste con sus cenizas?

—Las esparcimos en... —Omar dudó, temía tener que dar más explicaciones de las que deseaba y no quería que el fantasma de Marina revoloteara entre ellos a estas horas de la tarde.

—¿En dónde?

—En el mar.

—Todo tuvo que ser muy duro para ti también —supuso Esther, pero Omar no dijo nada y ella tampoco insistió más.

Dejó que la brisa húmeda y templada que mecía sensualmente las ramas de las palmeras se llevara el espíritu de Marina para siempre. Se aferró a Omar y viendo ya la puerta de su coqueto refugio, sonrió con lujuria imaginando el dulce manjar que les esperaba.

FIN

LA CONVERSACIÓN MUDA

Capítulo uno

Una humedad tibia en el esternón y bajo la nuca la despertó a las tres de la madrugada. Mientras se agitaba en la cama buscando un espacio seco, en un intento inútil por volver a dormirse, su cerebro se fue iluminando con lo que debía ser la continuación de un sueño. En los segundos que tardó en espabilarse, porque siempre acababa desvelándose a la misma hora, reconoció que no era ningún sueño, que la escena que tenía en la mente era el resultado de su obsesiva matraquilla de clasificar vivencias a esa inhóspita hora de la noche.

La imagen recurrente de los últimos días se instaló de nuevo en el lugar de siempre, ahí donde anidan las dudas, las preguntas y se volvió a plantear si podría haber aprovechado aquel viaje para cambiar las cosas a su favor. Ya con los ojos ajustándose a la oscuridad, repasó de nuevo los hechos de hacía un año, cuando se las había ingeniado para convencer a Alfonso de que pasaran unas vacaciones en un crucero... Un último intento por salvar un matrimonio que se deshacía ya sin remedio.

A él no le entusiasmaba la música latina, pero María Eugenia le había animado para quedarse en la discoteca escuchando a la banda cubana. Quería retrasar el mal trago de llegar al camarote y ver cómo su marido se lavaba los dientes, se quitaba la ropa —a excepción de los calzoncillos— se metía en la cama y se acomodaba de cara a la pared con una excusa cualquiera y maldiciendo entre dientes no poder estar al frente de su municipio, que a saber cómo se las estaría ingeniando el teniente de alcalde, para luego terminar dando un sonoro suspiro y aparentar que se dormía enseguida.

No la tocaba desde hacía mucho tiempo y lo que al principio se convirtió en una rutina posiblemente pasajera se fue transformando en un aviso de que el matrimonio estaba en las últimas. Pero María Eugenia no quería admitirlo, prefería creer que todavía la quería en su vida, a pesar de las sospechas de que Ana era su amante. Se había empeñado en que las preocupaciones habían mermado el apetito sexual de Alfonso, que un hombre tan responsable y dedicado no tenía tiempo para pensar en otra cosa que no fuera su trabajo; por eso lo había convencido para pasar unas vacaciones en un crucero por el Mediterráneo, para que descansara y se relajara un poco y, de paso, para tomarle el pulso a su relación.

Aquella noche, la última que ella recuerda como de un matrimonio normal, su marido tomaba *whisky* y se deleitaba mirando a la morena de pelo rizado que se movía por la pista como si hubiese sido la musa del bolero que sonaba. Conocía bien la cara de Alfonso, sabía lo que estaba pensando: que esa chica tendría la edad de Ana.

El traje se ajustaba a su cuerpo como si fuera una segunda piel y ni siquiera el hombre mayor que la agarraba por la cintura le quitaba lustre ni lograba distraer la vista de sus explosivas curvas. Su culo redondo y bien formado vibraba frente a Alfonso, que hipnotizado por el contoneo de las nalgas apretadas sentía ya la urgencia acumulándose en su interior más íntimo.

—Esta es mi canción favorita —María Eugenia alzó la voz disolviendo a medias el hechizo.

—¿Cómo se llama? —preguntó Alfonso contagiado del ritmo caliente y sin apartar la vista de la pasajera que bailaba. A María Eugenia le pareció que interesarse por la música era su manera de darle a entender que estaba haciendo un esfuerzo por encontrar un territorio común. Carraspeó antes de anunciar el título que su marido debía conocer de sobra y se acercó un poco más a su oído.

—*Lágrimas negras* —respondió mirándole de reojo y maldiciendo su cara embelesada—. Pero esta versión es más rápida, más salsera —añadió, como si a él le importara.

María Eugenia sospechaba desde hacía tiempo que Alfonso quería dejarla, como decía su bolero favorito, y que si seguía con ella era por mantener las apariencias, pero qué duro le resultaba admitirlo. No sería ella quien propiciara la oportunidad para que su marido anunciara el final de su relación. Ella tampoco quería sufrir, como cantaba el mulato en la sala de fiestas del barco mientras miraba a aquella mujer hermosa que parecía no tener huesos en el cuerpo, como si fuera de goma.

«Tú me quieres dejar, yo no quiero sufrir…».

Observó a los presentes de uno en uno y comprobó que la mayoría de los hombres no quitaba los ojos de encima a aquella mujer del traje azul royal, quien agraciada por un don envidiable, parecía totalmente inmune al fervor que provocaba su talento entre los pasajeros. «Tengo que tomar lecciones de salsa» pensó mientras aguantaba las ganas de toser y se fijaba en la pareja sentada junto a su mesa. El hombre era el único que parecía indiferente al espectáculo sexy que absorbía a los demás. Estaba distraído con los cubitos de hielo de su bebida, aunque pudo percatarse de que seguía el ritmo de la música con el pie derecho. Entonces, como atraído por los pensamientos de María Eugenia, levantó la mirada mientras un foco de luz iluminaba unos ojos color del estaño que la atravesaron y recorrieron su escote con descaro, causándole el tan reprimido ataque de tos. Aquellos ojos grises le parecieron dos océanos en plena tempestad.

Esa noche Alfonso no se acostó al otro lado de la cama y tampoco se dejó los calzoncillos puestos. En la oscuridad del camarote buscó a María Eugenia con lo que a ella le pareció la luz candente de un faro, un rayo de esperanza que se abría entre los nubarrones de una tormenta. Por su parte, Alfonso, dentro ya de su mujer y con el ímpetu de una marejada ciclónica chocando contra un acantilado, reconstruía en su mente los senos grandes y redondos de la bailarina de salsa, y con cada ola imaginaria que rompía en las paredes húmedas el escote se iba deslizando hasta que al final, liberados los pechos en un tsunami azul royal; el alcalde pudo al fin deshacerse de la presión espumosa que había ido acumulando en el crucero. Por primera vez en mucho tiempo, Alfonso tuvo que admitir, mientras se daba la vuelta y se acomodaba satisfecho de cara a la pared, que el matrimonio, después de todo, tenía sus ventajas.

María Eugenia recordaba muy bien cómo había salido sigilosa al balcón del camarote para poder disfrutar de un cigarrillo, atesorando entre los muslos la esencia húmeda de su marido. Apoyada en la barandilla, se había quedado fumando despacio y escudriñando el horizonte negro de una noche sin estrellas.

Capítulo dos

En el supermercado la asaltó de nuevo la «revelación» con dolorosa claridad. Miró al señor mayor que intentaba escanear la estantería con la escasa luz de sus ojos y se dio cuenta de que eran menos los años que a ella le faltaban para llegar hasta ahí, que los que la separaban de la juventud. Ahora le era posible vislumbrar de cerca la «tercera edad», asomarse desde la cómoda mitad de su vida a ese nuevo ciclo que se le presentaba sin anestesia, real, como las arrugas pronunciadas de aquel hombre que, bien vestido y cesta en mano, había por fin encontrado su tarro de cristal. Probablemente ella también estaría sola cuando alcanzara sus años. ¿O acaso ese ser humano, desconocido y viejo, que cuidadosamente había colocado el bote junto a las peras y el paquete de sopa, tenía a alguien esperándole? Quizás su anciana esposa aguardaba recostada en la cama, recuperándose de alguna caída que le fracturara la cadera. «Hagas lo que hagas, no te caigas», le habrían advertido hacía tiempo a la pobre mujer, sabiendo que de algo así, en esa etapa avanzada del camino, a veces uno no se recupera más, como si esa vulnerabilidad ósea tuviera un olor determinado que atrajera al finísimo olfato de la muerte.

Siguió avanzando por el pasillo, deslizándose por su superficie insulsa y funcional, y pensó que ella era invisible, como una baldosa barata que nadie recordaba aunque la hubieran pisoteado una y mil veces. ¿Podría describir exactamente las características del suelo del supermercado cuando llegara a su casa? Seguramente no, a no ser que se esforzara por impregnar su memoria con la imagen de las indiferentes losetas.

A veces se empeñaba en realizar pequeños ejercicios mentales como ese, aunque, seguramente, para cuando llegara al apartamento no solo ya no recordaría las características del piso del supermercado, sino que ya se le habría olvidado recordarlo. Las conexiones de su memoria se deshacían sin que pudiera hacer nada por remediarlo. En ocasiones le era imposible relacionar dos aspectos que vinculaban a una misma persona; aunque hubiera estado pensando en que cuando la viera tendría que decirle esto o lo otro, cuando se la encontraba, ya no se acordaba de que tenía que decirle algo concreto.

Se estaba convirtiendo en una mujer vacua y poco aguda, aunque perfectamente consciente de que sus facultades más básicas habían iniciado el proceso de deterioro típico de la edad. Todo empezaba a fallarle, aunque todavía era relativamente joven y no necesitaría ser «colocada» en una residencia en muchos años. Pero en eso no quería ni pensar.

Por enésima vez desde que se había levantado esa mañana el presentimiento de que algo iba a pasar le agitó la espina dorsal provocando ondas que hicieron que cada folículo de su piel se pusiera en guardia.

Nadie la miraba mientras se movía sigilosamente por los pasillos frotándose los brazos para eliminar los escalofríos. El supermercado estaba tranquilo. Al menos ella se había entretenido un instante en aquel anciano, aunque posiblemente él preferiría pasar desapercibido... o no.

¿Cuándo dejó de pensar que no era inmune a la vejez? ¿Hoy? ¿Hacía un momento? ¿Meses atrás? No lo sabía con certeza, sin embargo, esa mañana la idea le había alarmado con la rotundidad de una puñalada, como si se hubiera rasgado la protección de toda una vida y se hubiera quedado desnuda por dentro, desprotegida de la capa de ignorancia que da la juventud y la de arrogancia que da a veces la madurez.

Durante las primeras décadas de existencia no se había planteado las secuelas que quedan tras una vida intensa. Los jóvenes, pensó, están desprovistos de la capacidad de intuir que algún día ellos serán viejos y cuando se fijan en una persona mayor la ven como si fuera extraterrestre, como si no tuviera nada que ver con ellos. Los jóvenes y los mayores, procedentes de dos planetas diferentes. Pero en ese momento ella podía saborear el gusto ocre de la madurez que ha rebasado su punto álgido. Había subido poco a poco los escalones de los años, se había detenido a admirar el antes y escudriñar con recelo el después, y había comenzado ya el descenso inevitable. Se veía como un fruto que había empezado a perder su jugo y se estaba resecando. Se lo recordaban esas manos que empujaban el carrito del supermercado, deshidratas y marcadas por finas líneas por mucho que invirtiera en cremas.

Un cataclismo la sacaría de su monotonía pronto, lo presagiaba. Aunque lo más probable sería que ella misma, por pura supervivencia, se estuviera engañando, entreteniéndose en la idea de un acontecimiento inminente para no morir de desidia, de depresión, de frustración cada vez que viera el perfil en Facebook de una veinteañera sexy.

Seguía trasladándose como una autómata por los repetitivos pasillos rebosantes de productos de llamativos envases y colores, alimentos alineados que debía ignorar por el bien de su figura y su colesterol. No compraba para nadie, sino para ella, y ella se conformaba con poco, muy poco últimamente.

El berreo de un bebé hambriento le recordó a su hijo y las tantas veces que de pequeño lo llevó con ella a hacer la compra. Al pensar con orgullo en él se le coló en el alma también un dolor que la congeló unos instantes frente a una estantería. Fue algo extraño, una mezcla de alegría y pena, un ramalazo de melancolía.

En su papel de madre, la vida le había reservado un acto final de malabarismo. Como si haber hecho equilibrios durante la infancia de ese ser dependiente no hubiera sido lo suficiente para empujarla, a veces, hasta los mismísimos límites de la cordura. Después de que la maternidad la pusiera a prueba una y mil veces, empapándola con el sabor del sacrificio, con la confusión ensordecedora de la falta de sueño o una agonía acribillante al no poder detectar a su pequeño en medio del gentío un día de fiesta, después de todo eso y de mucho, mucho más, el niño se había hecho mayor y había emprendido su propio camino. La había abandonado con la ligereza de un suspiro, de una apenas perceptible ráfaga de brisa que se cuela por una ventana, así, como sin aviso, dejando habitaciones vacías de risas, de travesuras...

Y ahora ya nadie la tiene en cuenta, ya nadie la nece-sita. La conocida garra de la soledad y el desengaño nace en el esternón y sube invisible por los pulmones hasta rodearle la garganta y provocarle esa conocida sensación de ligeras náuseas.

Tiene que salir de allí como sea.

Capítulo tres

Se fumó el cigarro despacio, saboreando cada calada y envuelta en una densa nube de humo. Se sentía segura en el espacio privado e íntimo de su coche, aparcado a la sombra. No tenía prisa por llegar a casa. No había sombras tiñendo de gris las paredes. Ya no tenía que apresurarse con la compra y comenzar a hacer la comida sin perder un instante, con el tiempo justo de lavarse las manos. Ahora no importaba a qué hora del día llegaba. En el apartamento no había nadie, ni siquiera un perro o un gato. Los antiguos habitantes solo existían en su memoria, ya pertenecían al pasado. Quizás tendría que comprarse un animal doméstico, pensó mientras tosía.

Arrancó por fin y condujo sin prisas hacia la estación de servicio, ubicada convenientemente a la salida del aparcamiento. Detestaba repostar. Le disgustaba el olor de la gasolina y echaba de menos los tiempos en los que no tenía que bajarse del coche y le llenaban el depósito.

Su mente se trasladó a otra época y recordó inevitablemente a su exmarido, cada vez más reconocido y querido por los votantes, un alcalde carismático capaz de convencer al pueblo de cualquier cosa. A ella no la había tenido que convencer de nada treinta y cinco años atrás.

Se habían conocido en una de las verbenas del pueblo y a partir de ahí habían tejido una relación estrecha, compartiendo helados, abrazándose en los bancos de las plazas, besuqueándose en la oscuridad del cine, cuando la posibilidad de ver un cuerpo desnudo se saboreaba por días, por semanas... hasta el día de la boda incluso.

Tras ese recuerdo seguía, como de costumbre, el triste desenlace y su desesperado intento, hacía algunos meses, por volver con él. Había malinterpretado el interés de Alfonso por su salud tras el susto de aquella neumonía que casi se la lleva al otro mundo. Ella vio un hueco, una posibilidad, y tras reponerse del mal que la había dejado hospitalizada unos días lo llamó por teléfono para invitarle a almorzar. Él la sacó de dudas rápidamente. Le dejó claro durante la conversación que era mejor no perder el tiempo haciéndose ilusiones. Al principio, su tajante negativa le había parecido cruel, pero luego, al repasar aquellas palabras, las cuatro palabras que se le enterraron en el estómago: «Soy feliz con Ana», le pareció que había sido la mejor manera de cortar por lo sano, como pegarle un tiro a un caballo agonizante que no va a poder caminar más después de haberse roto una pata. Lo mejor había sido sacarla de su penoso estado instantáneamente, no alimentar esperanza alguna. Pero ella había sobrevivido el tiro de gracia y había caminado cojeando hacia delante, casi casi sin mirar atrás, excepto en días excepcionalmente banales y vacíos, como este.

Se bajó del coche de mala gana. Las rodillas se resintieron. Solo quería llegar a casa para acurrucarse en la cama y convertirse en una bolita pequeña bajo el edredón. Aunque seguramente Twitter la rescataría de las tinieblas, por lo menos le quedaba esa ilusión.

Abrió la tapa del depósito. «Qué patética se ha vuelto mi vida» pensó. Tomó la manguera. «¿Por qué soy tan egocéntrica? siempre pensando en mí misma». La metió en el agujero. «Necesito sexo». Había pasado ya un año desde el crucero, quizás por eso soñaba siempre con lo mismo. «Voy a tener que llamar a alguna amiga para salir». Levantó la cabeza para mirar el contador. «Estoy deprimida, no puedo negarlo, mejor lo acepto ya de una vez». Todas las mujeres que conocía tenían pareja y ella estaba sola, apenas hablaba con nadie más que consigo misma. Lloraba tanto por ello al despertar que hasta sus ojeras se habían convertido en pequeños cuencos que recogían las lágrimas de la mañana y, cuando al levantarse se enfrentaba al espejo, veía las bolsas y arrugas de los ojos que contenían los restos del llanto, como si fueran gotitas de rocío.

Entonces ocurrió algo inusual, algo que interrumpió esos pensamientos que se agolpaban sin orden en su mente, su sensación de desamparo y la historia de una vida que solo transcurría en su cabeza últimamente, como una cinta cinematográfica que no acababa nunca. Mientras llenaba el depósito se fijó en el hombre que ponía gasolina al otro lado del surtidor. Un hombre ensimismado en su mundo interno, con la mirada perdida, como ella hacía un momento, como si fuera a derrumbarse allí mismo, exhausto por la carga de responsabilidades, de decisiones o por la angustia aplastante de la soledad. Ella se sentía así a veces, como un toro al que le acababan de clavar la espada, y le parecía que se iba a desplomar en cualquier momento, que se iba a quedar muerta de pie. El hombre, que no llegaría a los cincuenta años, debió sentir el peso de sus ojos y levantó la vista. Se miraron entre las ranuras del surtidor, entre las mangueras que colgaban negras como lianas. Dos, tres, cuatro segundos y seguían mirándose; sus ojos grises reconociendo los ojos verdes de ella hasta que, simultáneamente, bajaron la mirada y terminaron de echar gasolina con tres toquecitos para evitar que las últimas gotas resbalaran por la pintura de sus respectivos coches.

Cerraron el depósito y caminaron en paralelo hacia la tienda para pagar. Al llegar a la puerta el hombre le cedió el paso y ella le sonrió para agradecerle la cortesía. Se regocijó un breve instante en aquellos ojos grises que chispearon mientras las arruguitas de ambos lados se plegaban y se hacían más patentes. Aquel semblante, ahora iluminado, había cambiado totalmente. Ya no se trataba de un individuo pensativo y quizás triste que ponía gasolina en un coche más bien indiferente. Había cobrado personalidad y se había fijado en ella. A María Eugenia le gustó la sonrisa del desconocido, pero mucho más que la hubiese mirado, y sin entender cómo en apenas unos instantes se puede resucitar a la vida, dio unos pasos adelante, enderezó la espalda, ignoró felizmente las rodillas doloridas y caminó con seguridad hacia la caja registradora.

Capítulo cuatro

Mientras tomaba un té se entretuvo recordando los ojos de aquel hombre con el que había compartido un «momento» en la gasolinera, ese lugar tan poco romántico que detestaba y donde, sin embargo, había conseguido despertar de ese letargo que la condenaba a vivir dentro de su cabeza. Se conformaba con tan poco últimamente, unas migajas de atención la habían ayudado a salir de su ensimismamiento y experimentar con exquisita nitidez un instante de vida real. La sonrisa de aquel desconocido, sus ojos destellantes y despiertos, la acompañaban ahora y conseguían evitar que quisiera acostarse en la cama para desdoblar y volver a doblar una y otra vez recuerdos de su matrimonio, que se le presentaban como sábanas almidonadas y bien planchadas, apiladas en las estanterías del cuarto de la gobernanta de un hotel. Ni siquiera se había acordado de entrar en Twitter al llegar a casa.

Había presentido la mirada del hombre sobre su espalda cuando caminaba hacia la caja registradora y se había esforzado por permanecer erguida y dar pasos seguros y elegantes que confirmaran que era una mujer con clase, que para nada importaba que ya no fuera del brazo de su influyente marido, que ella era, por sí misma, suficiente para ser alguien y brillar con luz propia, aunque no hubiera podido desempeñar su profesión de arquitecta y dependiera económicamente de él. Él, que la había dejado, que había preferido a Ana, la eterna Ana, la fiel secretaria del partido, la simpática Ana, la cuatro por cuatro que todo lo hacía eficientemente...

Pero qué boba había sido. Cómo no había querido aceptar que Ana se desvivía por su marido desde hacía años y que él la correspondía por el día y durante supuestas reuniones nocturnas que siempre duraban demasiado. Eso había sido lo peor, la acumulación de tantas citas ocultas, tantos encuentros secretos, tantas excusas de Alfonso al llegar tarde, riñéndola por no entender que tenía mucho trabajo, desmintiendo las sospechas cuando ella cuestionó que él usara la primera persona del plural mientras hablaban por teléfono cuando aquel viaje en que supuestamente había ido solo... Mientras tanto, abrigado por las mentiras, la red que lo unía a Ana se hacía más tupida, más impenetrable, y las capas de cariño que la cubrieron a ella durante años se iban resquebrajando, hasta quedarse fría, vulnerable y sin protección.

Aquella tarde de domingo, hacía ya tanto tiempo, hubiera servido para abastecer a cualquier ser humano de las pruebas suficientes para confirmar que Ana y Alfonso habían traspasado la línea de la profesionalidad. Aquella tarde, hacía quince años, aquella funcionaria se había atrevido a presentarse en su casa con la excusa de algo urgente. La había pillado, encima, sin nada decente para almorzar, y tuvo que abrir la última lata de atún.

Mientras los escuchaba cuchichear en el sofá con la complicidad de dos amantes, se le había resbalado aquel inútil cachivache que había comprado para abrir las conservas, justo cuando estaba medio abierta ya, y se las vio y se las deseó para sacar los trozos de bonito enchumbados en aceite. Entonces fantaseó con la idea de deslizar las yemas de los dedos por el afilado filo de la lata y dejar que una lasquita, aunque fuera pequeña, se sesgara y cayera dentro y dárselo a Ana como una ofrenda porque, total, si se lo estaba comiendo a él, que se la comiera a ella también, al fin y al cabo, pensaba que Alfonso y ella eran uno, que estas cosas no les pasaban a matrimonios sólidos como el suyo.

El niño interrumpía más de la cuenta, como queriendo dispersar la tensión del ambiente y ella pensó por un momento en todos los pequeños artilugios de tortura que existían en la cocina con los que podría aliviar las emociones que estaba sintiendo en ese preciso instante. Pero había respirado hondo, y tan pronto como consiguió levantar la tapa de la lata, sin cortarse, se disipó también la negra gaseosa envoltura mental que la había asfixiado durante el forcejeo con esos trozos de irreconocible pescado azul.

María Eugenia se aferró al recuerdo de los ojos del hombre desconocido de la gasolinera, rogando que no se difuminaran con el paso de las horas. Los pintaría, eso es lo que haría, volvería a retomar el pincel y las acuarelas y plasmaría momentos en el lienzo, quizás así se despojaría también de ese creciente vicio de leer los agresivos comentarios de la gente anónima que opinaba sobre los famosos o sobre cualquier noticia en línea. Tal vez pintando podría superar su obsesión por las redes sociales, que consumían la mayor parte de su tiempo últimamente y a las que achacaba su falta de concentración.

Aunque eso podría también deberse a ese ciclo que experimentan las mujeres en su vida, cuando sus cuerpos les recuerdan que, a pesar de los avances de la tecnología y la ciencia, son mamíferos que crecen, se reproducen, se multiplican y mueren. Cuando llega el final de la edad reproductiva, las hormonas que en su día atrajeron al sexo opuesto para procrear se jubilan de su función y se trastocan despiadadamente causando estragos. «La vida es solo eso» pensó María Eugenia mientras recordaba lo duro que había sido ser madre lactante y sacaba unos carboncillos de un cajón, «regirse por las hormonas».

¿Qué habría pensado el hombre de la gasolinera de ella? ¿La habría encontrado atractiva? ¿Era capaz de provocar deseo todavía? Ya no era joven, como Ana, apalancada en los treinta y tantos. Seguramente, para el hombre de la estación de servicio, esos segundos le habían resultado indiferentes, una interacción más de las tantas diarias y ahí estaba ella, rumiando el momento, recordando aquellos ojos grises que seguramente cambiaban de color según el humor en el que él se encontrara.

Con varios trazos certeros creó el boceto de los ojos. Había logrado captar la expresión alegre, con las patas de gallo marcando surcos a ambos lados, pliegues que apresaban vivencias en la piel de un hombre maduro.

¿Por qué su exmarido no confiaba en su habilidad artística? La fidelidad con que había plasmado la mirada del extraño demostraba una vez más su naturalidad para pintar, aunque al final se hubiera decantado por hacer la carrera de arquitectura, que tenía más salida. Fueron tantos los años de indiferencia de Alfonso por sus dibujos y cuadros, erosionando su amor propio y confianza en sí misma con cada mueca silenciosa e indefinida hacia su arte, que al final había abandonado lo que había sido su única afición. Lo que más le dolía era que no le dijera nada, ni siquiera si se le daba bien o mal, nada, y ella asumía que no tenía talento, que si lo tuviera él le habría dicho algo así como «cariño, qué bien pintas», y la hubiera alentado a trabajar en más cuadros y hubiera removido cielo y tierra para verlos colgados en una exposición. Pero nunca se pronunció al respecto más que con un «oh... qué bien, ¿no?». Su ilusión por crear se fue consumiendo como una vela, apagándose poco a poco mientras maldecía por dentro que su timidez y deferencia hacia él no le hubieran permitido retarle, reclamarle, pedirle que expresara su opinión.

«Por Dios, otra vez no», pensó María Eugenia, no quería volver a acordarse de que por culpa de Alfonso tampoco pudo ejercer su profesión, porque, ¿qué iba a decir la gente?, que era una «enchufada». Por eso nunca pudo diseñar los proyectos de los nuevos edificios municipales, ni siquiera de los privados, porque era el Ayuntamiento el que otorgaba las licencias y qué dirían los vecinos del municipio si se enteraran de que la mujer del alcalde trabajaba en los planos y diseños. Alfonso tenía que mantener su fama de hombre recto, que nadie sospechara de corrupción. Alguien tendría que sacrificarse y ese alguien era María Eugenia, siempre María Eugenia.

Tomó el boceto y lo alzó hasta la altura de su cara. Dos ojos grises le devolvían la mirada. Mientras se acercaba para besar el papel, a la altura de donde la boca debería estar, sintió un escalofrío, porque le pareció que ya había visto esos ojos antes de encontrárselos en la gasolinera, estaba segura.

Capítulo cinco

No se acordaba exactamente de cuándo empezó todo, pero sí podía revivir el alivio que sintió al escribir aquella primera frase envenenada. Desde entonces, cada vez que sentía ansiedad, que se enfadaba o que se agobiaba por algo, acudía al ordenador para teclear cortos mensajes pueriles cargados de odio y poder así desahogarse y renovar esa sensación de bienestar. A veces se liberaba con una sola palabra, un insulto directo, sencillo y escueto como «imbécil» o «estúpido»…, pero otras se entretenía construyendo argumentos algo más elaborados aunque no más inteligentes. Lo único que tenían en común era que siempre iban dirigidas a la misma persona.

Escudándose en el anonimato, María Eugenia había encontrado una forma controlada de vengarse de su exmarido. En realidad, los insultos habían comenzado desde mucho antes de que él se presentara en casa un día y le dijera que lo sentía, pero que ya no podía más, que estaba enamorado de Ana, *Anísima*, y que se marchaba. María Eugenia no recordaba ya cuándo ni por qué exactamente se había unido a la camarilla de troles que rutinariamente se burlaba de las decisiones del alcalde dejando sus comentarios obscenos en los periódicos digitales o las redes sociales.

Acosar al alcalde se había convertido en su secreto. De la misma manera que nadie va contando a los cuatro vientos que se corta con una cuchilla para dar sentido a un dolor psicológico o se mete los dedos hasta la garganta por culpa de la bulimia o se atiborra de Valium para soportar el peso de la vida doméstica, ella había encontrado una manera de dar salida a su frustración y eso la ayudaba a seguir adelante.

Por supuesto, desde el principio se preocupó de no escribir algo que pudiera delatarla o excesivamente ofensivo como para que la denunciaran. Tenía varios perfiles y nombres de usuario para que pareciera que eran personas diferentes las que le criticaban: unas veces usaba «Breva69», otras «veneno666» y otras «torocornudo», según del humor en el que se encontrara, aunque le hubiera gustado emplear «corazonroto» o «dulcevenganza», pero temía que su ex se diera cuenta de que era ella o que Ana se lo hubiera olido enseguida, con ese olfato que tenía para averiguarlo todo.

Podría haber ido a un psicólogo, pero su timidez no se lo permitía. No habría podido abrir la boca en la sesión y habría sido todo una pérdida de tiempo. Lo había intentado, había acudido a la planta de psiquiatría del hospital, recomendada por su médico de cabecera, cuando empezó a sufrir ataques de ansiedad al sospechar que Alfonso ya no la quería, pero en cuanto vio los ojos expectantes del psiquiatra, unos ojos grises que parecían dos tornados en pleno estado de Kansas que la dejaron más mareada que cuando entró, se escabulló de la consulta sin dar explicación ninguna y no volvió más. Eso fue mucho antes de que se le ocurriera la idea de pasar unas vacaciones en aquel crucero de lujo por el Mediterráneo.

María Eugenia era consciente de que su actitud des-
tructiva no la conduciría a nada más que a convertirse
en una vieja amargada. Por eso había hecho un esfuerzo
por llamar a Luisa, que de todas sus amigas era la más
franca y parecía interesarse genuinamente por ella. El
hecho de que estuviera casada con el teniente de alcalde
del municipio era una desventaja. No quería tener nada
que ver con ese círculo en el que se había movido en
el pasado; hombres de negocios, dueños de compañías,
concejales, todos eran más amigos de Alfonso que de
ella. Le debían lealtad al alcalde, al líder.

Le hubiera gustado volver a su pueblo, pero allí ya no
quedaba nadie. Sus padres habían muerto, ella era hija
única, nada la unía a su pasado. Además, su vida había
comenzado cuando conoció al hombre con quien había
compartido los últimos treinta y cinco años y cada día
se esforzaba por creer que no había acabado cuando él la
dejó.

Así que había decidido ir a tomar café con Luisa para
establecer unos parámetros que la incluyeran en la existencia de las personas que le interesaban, pero que li-
mitaran el paso a las que no quería, como el resto de
esposas cuya finalidad era congraciarse con el que más
poder tenía.

El ruido de platos y tazas chocando, el murmullo de la
gente que iba y venía, la luz blanquecina de la tarde y la
idea de volver a ver a Luisa, que le traería noticias de un
mundo que ella prefería olvidar, comenzó a producirle
un cosquilleo incómodo en la punta de los dedos y en los
labios. Respiró hondo mientras una oleada de ansiedad
comenzaba a apoderarse de su pecho y su garganta.

Fue entonces cuando encontró sin querer una fórmula para eliminar el incipiente ataque de pánico sin ayuda de psicólogos, tranquilizantes o cigarrillos. Nerviosa por no poder fumar en el local, había tomado rápidamente una servilleta y un bolígrafo y con varios trazos certeros, a pesar de su mano temblorosa, delineó la barra de la cafetería, las botellas tras las vitrinas de cristal, al camarero preparando un capuchino en la carísima máquina de café italiana, la planta florida de la esquina... Cuando llegó Luisa la encontró sumida en un aura de paz, su cara mostraba una mezcla de tranquilidad y satisfacción. María Eugenia contemplaba la servilleta y permanecía dulcemente sedada, el barullo ya no la afectaba. Para ella, todo había adquirido el matiz normal de la vida cotidiana.

Antes de darle dos besos, Luisa desvió la vista hacia la servilleta y el dibujo, plasmado con magnífico detalle en el improvisado y diminuto lienzo cuadrado.

—¡María Eugenia! ¿Cómo estás? ¡Ya veo que has vuelto a dibujar! —Su impecable vestimenta solía reflejar su seguridad en sí misma. Incluso para salir a tomar un café, Luisa resultaba elegante y con estilo; aunque llevara ropa informal para la ocasión, siempre lucía algún complemento que le daba un aire sofisticado: unos pendientes hechos a mano, un fular de tejido y estampado exquisito, cualquier cosa le quedaba bien. María Eugenia se preguntó si esa facilidad para verse divina era un talento heredado o aprendido.

—Hola guapa, ¿qué tal? —Se levantó ágilmente, contagiada por el entusiasmo de la amiga. Ese día, además, no le dolían mucho las rodillas.

—Menos mal que me has llamado, ya estaba preocupada. Tienes buena cara, ¿eh?... —dijo Luisa fijándose en la piel tersa y las facciones relajadas de María Eugenia.

—Bueno, voy tirando. Tú también podrías llamar.

—¿Y tu hijo Ernesto? ¿Cómo le va? ¿Hablas con él? —Luisa hizo como que no había escuchado las últimas palabras de María Eugenia.

—Pues ahí sigue, en Nueva York. Hablamos muy poco, siempre está muy ocupado... Cuando se acuerda de que tiene madre me contesta los WhatsApp.

—Bueno, pero, y tú, ¿cómo lo llevas, corazón?, ¿qué haces?, ¿qué planes tienes? —Las tres preguntas incomodaron a María Eugenia como si la hubiera pinchado tres veces.

—Pues mira, tienes razón, he vuelto a pintar —dijo agitando la servilleta como el que sostiene un boleto de lotería premiado—. Además, incluso me gustaría buscar un empleo...

—¿Para qué, mujer? ¿Es que Alfonso no te pasa la pensión? ¿Qué va a pensar la gente si te ven por ahí pidiendo trabajo? Además, a tu edad no creo que consigas nada.

—Qué negativa, ¿no? ¿Desde cuándo te has vuelto tan pesimista? Me gustaría tomar las riendas de mi vida otra vez, ¿tan mal te parece?

—Bah... con lo bien que se está sin hacer nada, lo que tienes que hacer es venirte conmigo al spa, allí nos damos unos masajitos... Otro día nos vamos de compras, mujer, como hacíamos antes. Pero ¿en qué te entretienes últimamente? —A María Eugenia le dieron ganas de hablarle de los insultos en internet, la mejor terapia que había encontrado para el despecho.

—Pues en todo menos en salir a cenar los fines de semana con mi marido y sus amigos —contestó jactándose de su lengua envenenada al comprobar el desconcierto en la cara de Luisa.

—¿Desde cuándo te has vuelto tan cínica? —le espetó su amiga recuperándose rápidamente del golpe bajo, pero sin asumir ninguna responsabilidad.

—¿Y Ana? ¿Qué tal está? No le he preguntado a Alfonso —inquirió María Eugenia ignorando la pregunta y confirmando lo cínica que se había vuelto—. Imagino que ameniza las cenas con su usual buen humor y todos tan contentos. ¿No te da envidia que sea casi treinta años más joven que tú?

—Pero ¿no te has enterado? Y envidia te dará a ti, que al fin y al cabo fue a quien le quitó el marido.

—Ah, bueno… Me quitó a mi marido y mucho más, me quitó mis amistades, mi rutina, mi mundo y hasta las ganas de vivir, Luisa, parece mentira. ¿Pero de verdad crees que puedo estar sentada aquí hablando de manera civilizada como si nada hubiera pasado? Te pusiste del lado de ellos y las otras ni siquiera me llamaron en todo este tiempo. —Luisa lamentó el cambio en el estado de humor de María Eugenia, la crispación le había llenado la cara de surcos y sombras y había elevado el tono de sus palabras—. Claro —continuó—, a rey muerto rey puesto, ¡viva el rey! —dijo alzando aún más la voz.

—Viva la reina, leches, la reina, querrás decir. —Las dos mujeres se miraron y se echaron a reír disolviendo la tensión—. No seas boba, María Eugenia —le dijo Luisa poniéndose seria otra vez—, sabes que te aprecio mucho y que estas cosas pasan. Además, con Ana no tengo mucha relación, apenas salimos todos juntos como antes.

—¿Y qué es lo que le pasó, dices? No me he enterado de nada.

—Pues que le encontraron un bulto en el pecho, fíjate tú, con lo joven que es.

—Seguro que no es nada y se queda todo en un susto, con la suerte que tiene... —musitó sin sentir pena.

—Y hablando de sustos, tú... ¿ya habrás dejado de fumar?, ¿no? —María Eugenia no contestó, solo se limitó a tomar otra servilleta mientras tosía y a juguetear con ella en las manos hasta que cogió el bolígrafo y comenzó a garabatear algo mientras murmuraba que se había apuntado a clases de salsa y bachata. A Luisa le pareció ver un par de ojos sobre el papel.

Capítulo seis

Meses antes, el ataque de tos había comenzado por la noche. Llevaba días sin sentirse bien y no había salido de casa. Al principio, como además del catarro tenía fiebre y escalofríos, pensó que había pillado una gripe, pero cuando comenzó a toser sangre se asustó bastante y al único a quien se le ocurrió llamar fue a Alfonso, que al verle el color de las uñas la llevó directamente a urgencias.

María Eugenia estaba de pie, confusa y sola en la entrada del hospital. Caminaba y respiraba con dificultad. En ese momento había pensado que Alfonso era un canalla por no ayudarla, podría desmayarse allí mismo y él permanecía impasible, a un metro de distancia, intentando disimular su fastidio por haber tenido que salir de casa a esas horas o abandonar algún acto municipal o cena privada para encargarse de ella, a quien ya no quería y se había convertido en un lastre. Qué importaba ya que la hubiese deseado con locura en el pasado y que tuvieran un hijo juntos, un joven que vivía a miles de kilómetros de distancia, en otro continente, indiferente a los problemas con los que se enfrentaba su padre cada día e impasible ante la soledad y tristeza que asolaban a su madre. Por lo menos Alfonso había tenido la delicadeza de no presentarse con Ana, pensó en un estado de confusión cada vez más creciente.

Con la vista nublada, vio a una enfermera que intentaba alcanzar a un hombre que había salido del hospital con paso rápido y que estaba casi en el aparcamiento. A María Eugenia se le aflojaron las piernas y tropezó con él en el mismo momento en que un vehículo iluminaba la cara del individuo. En su estado febril, vio dos ojos grises que le parecieron huracanes y creyó que estaba desvariando por culpa de la temperatura. El hombre la ayudó a encontrar el equilibrio mientras la enfermera lo alcanzaba: « ¡David! ¡David! ¡El paciente ha intentado suicidarse!» le dijo jadeando, mientras el tal David, con la frialdad de un profesional de salud mental, le pedía a la enfermera que trajera una silla de ruedas inmediatamente y tomaba del brazo a María Eugenia para ayudarla a alcanzar la puerta del hospital. Algo avergonzado, Alfonso se vio obligado a decir: «Deje, deje, ya me encargo yo».

Mientras esperaba por la silla de ruedas, María Eugenia observó cómo aquel hombre que la había tratado con delicadeza desaparecía tragado por las puertas giratorias de la entrada. Entonces su vista se nubló unos segundos, antes de desplomarse en los brazos de su ex.

Cuando se recuperó se propuso dejar el tabaco para siempre, animada por las visitas y los consejos de Alfonso, quien la trataba con el cariño que una vez sintió por ella y que había desenterrado del pasado, dada la gravedad del asunto. Prácticamente tenía suerte de estar viva. María Eugenia se aferró a aquellos pequeños momentos compartidos como un náufrago a un salvavidas. Cuando Alfonso no estaba, el peso de su ausencia la atragantaba y dejaba postrada en la cama de hospital sin poderse mover. Ella le enviaba algún que otro mensaje por WhatsApp y se quedaba observando su móvil como un perro a un hueso que no le dan, hasta que se quedaba dormida. Cuando abría los ojos, instantáneamente deseaba ver la lucecita de ese color blanco azulado que anunciaba un nuevo mensaje que le devolvería la vida y la esperanza.

Se le hacía difícil superar el vacío que había dejado Alfonso en su rutina y en su espacio personal. Se preguntaba qué estaría haciendo a cada momento. Intentaba imaginar sus gestos y sus sonrisas cuando hablaba con los vecinos del municipio, cuando inauguraba algún edificio oficial o cuando cenaba a solas con la que se había convertido en su nueva compañera. Hasta que una punzada de náuseas y confusión la devolvía a la realidad; la lucecita no iluminaba con su punto intermitente la esquina de su teléfono y ella se desgastaba por dentro, se ahogaba y deseaba que la neumonía se la hubiese llevado de una vez por todas.

Durante su estancia en el hospital dejó de instilar su veneno con cuentagotas en las redes sociales y periódicos digitales contra Alfonso, agradecida como estaba por el pequeño regalo de sus visitas y aquel «muchos besos» con que él sellaba los escasos mensajes. Atesoró la esperanza, mientras abrazaba la almohada, de que su exmarido recapacitara y se diera cuenta de que estaba mejor con ella, con su mujer de siempre. Pero él pronto dejó de escribir «muchos» y firmaba solo con un «besos». Esa omisión la hacía sentir de más y más inferior, sobre todo cuando dejó de clausurar los mensajes de esa forma y terminaban abruptamente «mejora pronto». Fue entonces cuando, impulsada por un ataque de celos, se decidió por fin a llamarle para quedar y él la había sacado de dudas con aquel fino instrumento de tortura oral: «Soy feliz con Ana».

Capítulo siete

Apuró el cubata y se colocó en una de las filas de atrás, intentando pasar desapercibida entre los desconocidos. Los observó uno a uno en el espejo de enfrente. Hileras desordenadas, salpicadas por una mezcla de razas, nacionalidades, edades y físicos. Al contrario que las mujeres, no había ningún hombre atractivo, pero no le importó. No se había apuntado a las clases de salsa para ligar, sino para que le subieran las endorfinas a base de sudar bailando. Además, siempre le había gustado la música latina y era una buena manera de escucharla y sentirla. El profesor propuso comenzar con el calentamiento. El alcohol disolvió su timidez y evitó que se sintiera ridícula frente al resto. Todo estaba bajo control.

La afinidad fue instantánea. Cuando comenzó a sonar la música y el profesor dio los pasos básicos de salsa, María Eugenia los copió como si hubiera caminado por la vida a ritmo de un dos tres. La veinteañera que estaba a su lado izquierdo la pisó, por no haberse movido al no darse cuenta de que había que ir de lado a lado; el hombre que estaba a su derecha le propinó un manotazo al hacer, torpemente, un giro, pero ella siguió mirando fijamente los pies del instructor y de su pareja, sin importarle las interferencia de los otros cuerpos, que ya comenzaban a calentarse. La canción que sonaba consiguió animarla. El movimiento rítmico también tuvo un efecto positivo en su estado de humor. Observó la masa de gente en el espejo que, como las corrientes marinas, se deslizaba por la pista de un lado a otro y de adelante atrás, como una marea. Las teclas del piano eran como resortes en sus pies, las trompetas enviaban señales eléctricas en sus músculos.

Al terminar el calentamiento se dividieron en dos grupos y ella se fue con el de principiantes. Sabía que no duraría mucho ahí, le habían entrado ganas de aprender, de superarse, de enredarse en otro cuerpo dejándose guiar para que su físico dibujara en el aire esas figuras cargadas de energía y sensualidad.

Después de la clase, la pista del local nocturno atrajo a los salseros asiduos. Ella se quedó otra vez de pie, apoyada en una mesa, sin saber qué hacer más que mirar, hipnotizada, los movimientos de los que bailaban y disfrutaban de esa libertad que se acentuaba con cada vuelta, con cada elevar de brazos, con cada agitar de hombros.

Nadie la sacó a bailar. Tuvo que conformarse con mirar cómo disfrutaban los demás, cómo sus cuerpos eran poseídos por una especie de efervescencia que les hacía flotar sobre la pista. Cuando estaba pensando en marcharse, dos ojos color del hielo la pararon en seco, los ojos que le recorrieron el escote en el crucero, los que intentaron detenerla en la consulta del psiquiatra, los que se apiadaron de ella a las puertas del hospital, los que le sonrieron en la gasolinera, los que ella había dibujado con carboncillo...

Vio como el hombre de ojos grises, al que por fin había identificado porque era el mismo, extendía sus manos, invitándola. Era la primera vez que la sacaban a bailar.

Las tomó, advirtiéndole de que ella no sabía todavía, que apenas había recibido una clase, que... Pero él no la dejó continuar, la estrechó contra su cuerpo, un dos tres, su perfume la embriagó, le fascinó ese específico aroma masculino, penetrante, pero más le gustó el contacto de su piel contra su piel. Cerró los ojos y se dejó llevar.

Capítulo ocho

El lunes se despertó con un inusual buen humor, que achacó sin dudar a la experiencia de la noche anterior. Se identificaba con esa comunidad salsera, tan variopinta, y por fin había bailado entre los demás en la pista, aunque hubiera sido solo una canción con el hombre de ojos grises, David, quien se había presentado tras la pieza y le había dado dos besos al escuchar su nombre, María Eugenia, antes de agarrar las manos de otra mujer que lo esperaba solícita.

Mientras tomaba un café buscó la libreta de bocetos y los carboncillos y trazó varias líneas verticales. Poco a poco, la imagen fue cobrando movimiento. Eran dos cuerpos, algo separados y en postura de baile: la pierna derecha de la mujer hacia atrás y la izquierda del hombre siguiéndola... Las caras sonreían.

El bienestar duró lo que el efecto de la cafeína tardó en desvanecerse y sintió la necesidad de refugiarse de nuevo en las redes sociales. En Facebook tenía una petición de amistad. El nombre que leyó suspendió el lado derecho de sus labios y el apellido, a su vez, subió el izquierdo. Y así, con una sonrisa, aceptó al hombre de ojos como un cielo nublado que anunciaba cambios.

Mientras recorría con la vista las muchas imágenes de David bailando con desconocidas de trajes vaporosos o *leggings* se dio cuenta de que la salsa era una fuente interminable de mujeres que llegaban a manos de hombres que, quizás, en otras circunstancias no hubieran tenido acceso a esos cuerpos jóvenes, tersos y nada desgastados. El catálogo de fotografías mostraba bailarinas sonrientes, muchas de ellas sofocadas y sudorosas, pero que de alguna manera habían quedado bien, a pesar de estar en movimiento.

Qué pensaría Alfonso cuando se enterara de que, aparte de la pintura, ahora tenía otra afición que, probablemente, a su juicio, no le pegaba nada, con lo tímida que ella era. Seguramente, a su ex no le importaría lo que hiciera o dejara de hacer, con tal de que no montara un escándalo. Estaba muy ocupado para preocuparse por ella, ni siquiera estaba en la lista de sus prioridades. Simplemente estaba desbancada, se había caído del último renglón de la agenda. Era como las letras borradas por gotas de lluvia en un trozo de papel desprotegido.

Estaba enfrascada en las imágenes de David cuando le entró un mensaje por el Messenger con un ping que la hizo dar un respingo. Era él, su nuevo amigo: «Gracias por aceptarme», había escrito escuetamente y había añadido un emoticono sonriente. «De nada», ella también firmó con la sonrisa, y se quedó esperando a que él continuara la conversación, pero, aunque seguía conectado, él no la volvió a escribir.

Qué lejos quedaba el próximo domingo. Los días de la semana eran como peldaños altos y empinados. Mejor ir de compras o buscar trabajo. Primero buscar trabajo y luego ir de compras o a la peluquería. Quizás tendría que dejarse crecer el pelo para que flotara en el aire cuando la hicieran girar, pues su melena lacia y fina no se prestaba a ello, le faltaba volumen.

Continuó escaneando con la mirada las fotografías de David y buscó en su lista de amigos alguna cara conocida de la noche anterior. Vio a unos cuantos salseros, pero no se atrevió a pedirles amistad. Ni siquiera se atrevía a sacarlos a bailar, como hacían muchas mujeres. Esto no era como en las verbenas de aquel pueblo donde las chicas esperaban su turno, y donde ella, por su piel sin imperfecciones, por la quietud de sus ojos como un mar esmeralda y por ese intrigante pelo rojo, había sido la elegida por el más guapo, el más prometedor, el más decidido de todos los jóvenes que habitaban aquel municipio.

Pero María Eugenia se ruborizaba con tan solo pensar en ciertas cosas. Tomar la iniciativa era algo totalmente ajeno a su personalidad. Ella era la que esperaba siempre. Por eso, quizás, se había quedado sola a esas alturas de su vida, cuando necesitaba más que nunca compañía, alguien que le preguntara por las mañanas «¿y qué plan tienes para hoy?» o a quien ella pudiera sugerir la idea de almorzar en un restaurante. Pensar en su apartamento vacío de sombras, de cuerpos —tenía que comprarse un gato o una tortuga— despertó algo de decisión en su interior y se propuso que la próxima vez, si nadie le pedía un baile, ella buscaría a alguien. Tenía que comenzar a tomar riesgos. ¿Qué era lo peor que podía pasar si la rechazaban? Qué más le daba, tenía que intentarlo, si no, no podría practicar y aprender rápido para que se la tragara la pista y poder sentir la libertad y la energía liberada por dos almas totalmente entregadas al baile.

Aquella noche, cuando apagó la luz y sus ojos todavía no se habían ajustado a la oscuridad, notó junto a la mesilla de noche un resplandor verde que parpadeaba con urgencia. Le había entrado un mensaje.

«Hola, ¿qué haces?» le preguntaba David.

«Pues, estoy acostada ya» y como respuesta obtuvo un «Mmmm».

Esperó unos minutos para ver si David escribía algo más, pero eso no sucedió. Seguramente se había enganchado a otra conversación más apremiante o estaría atendiendo varias a la vez, porque seguía conectado. No le había dado la oportunidad de decir nada más. Quizás él pensó que le había querido cortar con lo de que ya se había costado para que no la molestara... pero ¿y ese «Mmmm»? ¿A qué venía eso? María Eugenia optó por apagar el teléfono.

Capítulo nueve

Después de haber estado tejiendo incansablemente los seis días de la semana llegó, inevitablemente, el domingo. Los vídeos de salsa para principiantes la habían ayudado a desplazarse por las horas con algo más de ligereza y, seguramente, la habían posicionado con cierta ventaja con respecto al resto de alumnos de su grupo. Se había concentrado en el «dile que no», pero necesitaba urgentemente una pareja para ponerlo en práctica, así, sola, no tenía sentido y no le salía.

Aquella noche no le había quedado bien el pelo y sufrió un receso de confianza en sí misma que la alejó momentáneamente de la posibilidad de destacar entre los compañeros principiantes para que la pasaran al siguiente nivel. Tenía que haber ido a la peluquería. Se retrasó muchísimo intentando meterlo en vereda: esa cortina ligera y lacia que caía lánguidamente por cada lado de su cara, como un marco borroso, unas hebras finas del color del cobre que no respondían a productos de estilo. Había probado con la plancha pero se lo había dejado peor, y la humareda y el olor a melena chamuscada provocaron un ataque de tos que le hizo los ojos agua. Se había tenido que lavar la cabeza en el último momento y secarse con el secador y el cepillo. Era un trabajo pesado pero necesario, porque desde hacía tiempo, con la pérdida de volumen y manejabilidad, tenía que esmerarse más. Como prefería ir regularmente a que se lo arreglaran, no tenía práctica en estos menesteres, así que le pareció que había logrado una falsificación muy pobre del resultado que obtenía su peluquero. Eso la puso de mal humor y por un momento estuvo a punto de abandonar, de no ir a la clase, de quedarse en casa y volver a insultar al hombre que en su día adoró el resplandor rojizo que, como un arce en otoño, adornaba su cabeza durante su juventud. Quizás la próxima vez le pediría al estilista que le cortara el flequillo. Estaba segura que su cara ganaría e incluso podría parecer más joven. Al final, en un arranque de decisión, habiéndose plantado ya el gusanillo del baile en su cerebro, salió de casa.

Se estaba poniendo los zapatos de salsa que había comprado el miércoles, unos tacones de suela flexible y tiras con brillantitos incrustados, cuando lo vio entrar. Saludó a cada una de las mujeres que estaban haciendo cola para pagar, pidiendo una bebida o cambiándose el calzado, como ella. A los hombres que se encontraba a su paso les estrechaba la mano brevemente o les daba unas palmaditas en la espalda.

—María Eugenia, ¡buenas noches! —A ella también le llegó el turno y recibió sus dos besos.

—Hola, David —No había terminado de pronunciar su nombre y él ya se había dado la vuelta y se dirigía a la barra.

Después de la clase de principiantes, cuando se preparaba para recostarse junto a una columna o apoyarse en la barra desde una posición cómoda para observar cómo se iría llenando de salseros la pista, sintió como la tomaban por el codo. David la estaba sacando a bailar, a ella, antes que a ninguna otra. Se sintió privilegiada y cohibida a la vez. No estaba segura de sí misma, no solo por el pelo, que le había quedado apelmazado al pasársele la mano con la laca, sino porque aún no dominaba los movimientos, aunque ya hubiera consolidado «el dile que no» durante la sesión que acababa de terminar.

—Estás aprendiendo muy rápido —le dijo él sonriente después de ver como María Eugenia se había dejado llevar suavemente durante la figura del «ochenta». Ella agradeció el cumplido y pensó con alivio que, al fin y al cabo, esto de la salsa no era tan difícil, una vez que aprendías a aceptar que el hombre te guiaba solo hacía falta seguirle, y de eso ella sabía mucho. Pronto conocería las distintas posiciones y cómo amoldarse a cada pareja de baile y sus estilos, aunque algunos también estaban aprendiendo y sus movimientos, poco certeros, la confundían.

Para su sorpresa, David la sacó una vez más a bailar esa noche, pero esta vez era una bachata. Cuando se percató de que los ojos de María Eugenia se abrieron en modo de súplica, la tranquilizó ofreciéndose a enseñarla y prometiendo que era muy fácil.

No estaba preparada para la cercanía de su cuerpo en este movimiento más íntimo y sensual que el de la salsa y una vez más la inundó ese aroma varonil que invitaba a la cercanía. Su satisfacción creció cuando comprobó que no le costaba seguirlo. Le divertía que en escasos minutos hubieran conectado tan bien y sintió un aleteo en el estómago cuando él aprovechó para acercarla un poco más y metió su muslo, duro y fuerte, entre los muslos de ella y se los apartó con un movimiento de derecha a izquierda, haciéndole perder un poco el equilibrio. Aceptó esa pierna musculosa con naturalidad. Luego él volvió a despegarse y a dar los pasos básicos hacia la derecha, uno dos, cadera y hacia la izquierda, uno dos, cadera... guiándola suavemente. En uno de los cambios de ritmo, volvió a meterse entre sus piernas, pero esta vez la hizo bajar y doblar las rodillas, sus pobres rodillas resentidas que, increíblemente, no la estaban molestando esta noche, y la contoneó de lado a lado unos momentos, los cuerpos muy pegados, para volver a subirla y dejarla derecha en unos segundos en los que a ella le pareció levitar.

La calidez que el cuerpo de David le transmitía, la certeza con la que la guiaba a cambiar de posición y su original estilo multiplicó la exquisita experiencia. Disfrutó tanto de esa bachata que, cuando terminó y pasó a manos de otro hombre menos habilidoso y sensual, sintió una decepción tan profunda que solo pudo reaccionar irritándose por el sudor que su pareja de baile depositaba en su brazos cada vez que la hacía girar torpemente.

Esa noche se fue temprano a casa. Quería ducharse y deshacerse del sudor de los demás, pero lamentó tener que desprenderse del aroma de David, que le había impregnado su cabello ralo y mal peinado.

En la ducha, mientras el agua resbalaba por su cuerpo maduro pero aún firme, recordó con un leve estremecimiento el cuerpo de David estrechándose con el de ella, su muslo abriéndose paso entre su falda con seguridad. Era la primera vez que sentía interés por otro hombre desde que había conocido a Alfonso y le impactó la fidelidad de tantos años de matrimonio, atraída sin remedio hacia la luz que emitía su exmarido, cegándola, dejándola encandilada, incapaz de dilucidar los rostros de los demás.

En este leve momento de deseo, lamentó que su cuerpo acabaría marchitándose tarde o temprano sin que nadie lo acariciara más, sin una mano caliente repasando las curvas de sus caderas o unos dedos ribeteando su espalda. A pesar del ejercicio del baile y el agradable rato que había pasado esa noche, la amenaza del llanto por tanto desperdicio volvió a atraparle la garganta y a obligar a sus ojos a descargar una vez más el líquido agridulce que fue confundiéndose con el agua de la ducha.

Ya en la cama, cuando estaba a punto de apagar el teléfono, la luz del Messenger parpadeó con su verde anunciador y el corazón de María Eugenia se agitó como una pareja haciendo la figura del «sombrero». Esta vez no le diría que se había acostado ya.

Capítulo diez

Esa mañana, al despertar, se sintió muy diferente a como amanecía cada día. Se lo anunciaba la forma en que había abierto los ojos sin sentir el peso de los párpados hinchados, doloridos y secos de tanto llorar y su cerebro parecía algo más ligero y holgado dentro de su cabeza. La noche anterior, después de la ducha, no había derramado una lágrima más. Se había ido a la cama tarde, como se imaginó haría cualquier jovencita que había visto en las fotos de perfil de él, chateando bajo las sábanas, esperando que un nuevo mensaje descifrara su futuro más inmediato, a la expectativa de que algo bueno por fin la esperaba a partir de ahí.

Al leer aquellas breves afirmaciones: «Bailas muy bien», «te mueves con mucha soltura» o «llevas el ritmo en las venas» se le abrió un camino de distintas posibilidades, alternativo a los días pesados de horas por rellenar que, para estar vacíos, sentía como losas que le aplastaban el pecho. No estaba segura de cuándo había sido la última vez que había oído un cumplido, seguramente de personas cercanas, de Luisa tal vez, comentando con su usual entusiasmo algunos de sus cuadros, los que vestían las paredes del apartamento desde que había superado el complejo de artista mediocre, cuando Alfonso ya no habitaba su vida.

Se incorporó en la cama sonriendo al recordar la conversación y buscó el móvil para releerla, la retina intentando ajustarse a la violencia lumínica que desprendía la pantalla. Le costó ajustar la visión. Tomó las gafas de la mesilla de noche y despachó los mensajes rápidamente, asombrándose de los pocos que eran: una conversación muda resumida en apenas unos segundos. La noche anterior le había parecido que habían charlado un rato largo. Ella escribía despacio, él más rápido. Se notaba que estaba acostumbrado a usar este método de comunicación, pero no le dio por pensar por qué. Quizás tenía muchos amigos o formaba parte de algún grupo de salsa o incluso de compañeros de trabajo. Él se había conectado a las cinco de la mañana por última vez y eso le extrañó. Frunció el ceño al percatarse también de que el contenido era más banal de lo que había supuesto cuando se encontraba inmersa en escoger las palabras adecuadas para expresarse y en cuidarse de las faltas de ortografía. No había nada que sugiriera que ese hombre estaba intentando acercarse más a ella. Había sido él, sin embargo, quien había escrito primero y nuevamente esos piropos realzando su habilidad en la pista la hicieron sentir especial. Alguien la tenía en cuenta ahora, aunque solo fuera para señalar que se le daba bien la salsa, y eso la animó a salir de la cama, a abrir las cortinas de par en par y proponerse disfrutar del día como si fuera el último.

«Productivo» sería el adjetivo que escogería cuando su nuevo amigo le preguntara qué tal había sido su día. Había cocinado más de la cuenta y congelado algunos platos para la semana. La última vez que había hecho eso fue cuando su hijo era un bebé. Pintó también un pequeño cuadro: una pista de baile con cuerpos espigados, difuminados en colores anaranjados, amarillos y verdes, como iluminados por focos, entre los que destacaba la silueta de una mujer de pelo rizado y negro, con caderas y pechos prominentes y vestida de azul royal. Lavó a mano algunas prendas delicadas, vio algunos vídeos en internet de bachata y se sentó en la terraza a leer y a fumar, no sin antes pasar unos minutos en Facebook y embadurnarse la cara y los brazos con protección cincuenta para que no le salieran manchas.

Cuando entró de nuevo al salón se había levantado un poco de brisa y había oscurecido. Antes de encender la luz se fijó en un parpadeo verde y urgente que reclamaba su atención en la esquina de la mesa y sonrió. El teléfono la reclamaba al fin, su móvil, al que había dejado de hacerle caso porque ya no se metía como antes en las redes para despotricar de su exmarido. Se le había quitado esa costumbre desde que se apuntó a salsa y descubriera un mundo paralelo que existía y funcionaba sin Alfonso en el centro.

«Hola, guapa, ¿qué tal el día?». El saludo la ruborizó y contestó enseguida.

«Muy bien, David, productivo, ¿y el tuyo?». Pero él no estaba ya conectado y su mensaje se quedó sin contestación hasta algunas horas más tarde, cuando ella veía un documental de museos y el estridente ping del teléfono desbarató el murmullo amorfo que emitía la televisión, sacándola de su modorra.

«El domingo te enseñaré algo más de bachata, ¿te apetece, guapísima?». Tal invitación digital en azul sobre blanco se infiltró en su cerebro y la hizo vibrar como las cuerdas de un arpa. Que se quisiera molestar en enseñarle a ella, novata, la colocó en otra dimensión emocional. Subió un escalón en la amistad, le sentía más cercano.

«Por supuesto» tecleó compadeciéndose a sí misma, que todavía tendría que esperar unos días para presentarse frente a su mentor y dejarse llevar de un lado a otro en el reducido espacio que se necesitaba para moverse al son del ritmo latino.

Capítulo once

Entró en el bar mirando hacia todas las direcciones y con la energía de quien tiene un propósito, algo pendiente, un objetivo claro que cumplir. Se adentró en el local pisando con seguridad y se dio cuenta de que lo que sentía era ilusión, algo que hacía tantos años que no afloraba en ella que se asustó al reflexionar sobre los últimos tiempos vividos. El desconcierto por tanta vida desperdiciada le duró lo que sus oídos tardaron en percatarse de la música que la acogía y atraía con timbales, tumbadoras, piano, metales y coros de voces fañosas con acento meloso.

Pagó la clase, se cambió los zapatos y pidió una cerveza. Estaba lista para pasar al nivel intermedio. Sabía que David no vendría hasta después de la lección y se alegró de tener por delante un desafío que la entretuviese mientras esperaba a que él viniera. Los mensajes de los últimos días habían cambiado a un tono más personal y llegaban urgentes, uno tras otro sin parar. Tanto era así, que habían logrado desviar su atención de su exmarido.

David se había interesado por su vida: «Una mujer tan guapa como tú, ¿sola?...» y ella se había sonrojado al otro lado del móvil, había flotado unos instantes y se había quedado sentadita en una nube, balanceando las piernas como cuando en una silla no te llegan los pies al suelo, colorada, con la piel erizada. Bajó de la nube de golpe cuando él le contó que estaba separado y que sí, que seguro que era él en aquel crucero, en las últimas vacaciones con su mujer. Lo había pasado muy mal, le confesó, se le habían quitado hasta las ganas de bailar. Y sí, era psiquiatra en el hospital, pero no se acordaba de ella, que no había cumplido los cincuenta y estaba disfrutando de su soltería. Al leer esto último, por unos impertinentes segundos, se vio obligada a espantar el sentimiento de alerta que la atravesó y que ignoró rápidamente, exaltada como estaba leyéndole: que la salsa siempre le había gustado; que fue su ex, que era colombiana, quien hizo que le entrara el gusanillo hacía ya diez años, pero que era muy celosa y no le gustaba que bailara con nadie y que ahora por fin se estaba «desquitando», gerundio que causó más luces rojas y alarmas en su mente, pero que decidió ignorar como cualquier notificación no deseada. En respuesta, María Eugenia le dijo que acababa de empezar con esto del baile. Siguieron la conversación con él comentando que ya lo sabía, pero que se le daba muy bien, y le preguntó si iba a ir el domingo: «Pues claro!» había tecleado ella rápidamente. Él respondió solamente con el emoticono de la cara con el ojo guiñado y la lengua fuera. «Uy, qué golfo», pensó ella, encantada de la vida. Pero el intercambio terminó abruptamente cuando él le preguntó por qué fumaba, que había podido oler el tabaco en su pelo, (mezclado con el tufo a laca, seguro, lamentó para sí María Eugenia). A ella aquello le produjo tanta vergüenza que no había vuelto a tocar el tabaco desde que leyó; desolada por decepcionar a su nuevo amigo, aquella pregunta que le sonó a bronca camuflada.

La clase había sido un poco complicada, con figuras difíciles de retener, pero se había divertido y, al fin y al cabo, el peso de la memorización caía sobre los hombres. Se había reído y mientras lo hacía le vino a la mente que no recordaba cuándo había sido la última vez que lo había hecho de esa manera, con esa risa que surgía espontánea y con un estruendo. Se sorprendió al pensar en lo que se había convertido en los últimos tiempos: una indigente emocional con el corazón envuelto en harapos, mendigando el amor de Alfonso, a quien había estado insultando en las redes escudada por el anonimato, apostada en las mismas puertas de la depresión.

Hacía rato que la lección había terminado, pero él no llegaba. Por lo menos había aprendido ya a hilvanar los bailes, a elegir entre unos y otros acompañantes escogiendo certeramente la pareja antes de que otras manos se lo llevaran. Así que antes de terminar la canción, sus ojos localizaban ya al siguiente y si encontraba consentimiento en su mirada se unía a él sin tener que pedirlo, como dos imanes.

Así fue transcurriendo la noche y fue entrando en calor. David no aparecía. Se sintió como un mar que se va encogiendo callado antes de un tsunami y que le iba dejando un hueco en el estómago. Sin embargo, el movimiento obligado de las piernas y la música latina la llenaban casi del todo, como si fuera de aire por dentro, como un flotador. No decaía, no se sumergía; pasaba de hombre a hombre, de salvavidas a salvavidas hasta que captó, en uno de los giros, la imagen de David que entraba por fin por la puerta, y lo deseó con la fuerza de esa ola gigante que llegó y la arrasó por dentro, inundándola de ganas y ahogando los últimos vestigios de aquel por quien se había desvivido en los últimos tiempos.

Mientras su marido agonizaba en la marea que era David, cuando convirtió a Alfonso en un náufrago relegado a la esquina de su isla —porque ella era ahora una isla independiente— supo, tan ciertamente como el sudor que resbalaba por su espalda, que quería ese muslo bachatero explorándole sus intimidades. Deseaba, ansiaba que no hubiera tela por medio porque quería, empeñada como estaba ahora, endulzarlo con su néctar, dejar la piel de David brillante con la esencia almibarada que emanaba ya desde el lugar más interno, más privado y más femenino de su ser.

Terminó la canción y David, a su lado, la tomó de la mano mirándola fijamente y tirando levemente de ella con una sonrisa de invitación. Sus ojos grises estaban oscuros, casi negros y a María Eugenia le pareció que tenían una intención diferente. La miraba con más intensidad, con más reconocimiento. Fue consciente por unos momentos de su pelo. Sentía la nuca mojada, los mechones lánguidos pegados a las orejas, pero a él no parecía importarle, eran las cosas del baile. Él, sin embargo, parecía más distinguido con los focos iluminando sus sienes, pobladas de canas que se esparcían resaltando el tono opaco de su mirada.

Era una bachata lenta y David, experimentado en las artes del baile latino, empezó a moverse sin separar los pies del suelo, de una manera suave y azucarada. María Eugenia cerró los ojos, toda su energía concentrada en interpretar la melodía y en aquella mano posada sobre su espalda. Sentía su peso ligero, su calor. Ella era el soporte de la palma plana y de los dedos de David. Se dejaba arrullar por el contoneo sutil que ligaba cuerpo y espíritu, que la enredaba en la esencia de ese hombre que estaba absorbiendo toda su atención y que apoyaba la frente en su frente.

La música aceleró un poco y él dio un paso hacia la derecha que la sacó de su ensimismamiento, luego juntó el pie izquierdo para devolverlo a su lugar original y arrastrar el derecho en esa dirección. Permanecieron unos momentos yendo de un lado al otro. María Eugenia olía ese perfume y sentía aquellas manos, después fueron los dos pasos básicos hacia un lado y hacia el contrario y lamentó que él se separara. Pero solo fueron unos instantes, porque enseguida se pegó a ella otra vez y descendieron juntos un poco, pero muy cerca, muy pegados.

Se excitó cuando el muslo abrió sus piernas y notó como cada célula de su cuerpo se ponía en pie de guerra, porque se imaginaba como un jinete cabalgando sobre el lomo de un purasangre. Experimentó una magnífica necesidad de que se la llevara de allí, a cualquier lado, que la desnudara y que la poseyera de pie, apoyada en cualquier pared después de haberle subido la falda presurosamente y arrancado las bragas. Necesitaba sentirle. Ya no le bastaba el cuerpo por fuera, quería el cuerpo dentro, sus uñas en su carne, su lengua en su cuello lamiéndola de arriba abajo, sus jadeos chivándole el placer. La tensión sexual se acentuaba con cada contoneo. Sabía que él también estaba sintiendo lo mismo. Era mutuo, eso se notaba, se podía cortar, la respiración de él en su oído se lo confirmaba. La bachata fue breve y con su final se deshizo el hechizo. Obedientemente recibió dos besos y las gracias y se dirigió como una sonámbula a la barra para beber, porque se le había quedado la boca seca de ganas.

Acostada en la cama miraba de reojo el teléfono. Sabía que para dormir tendría que apagarlo, pero no podía.

Quería que David le escribiera, aunque solo fuera para desearle un buenas noches. Así fue. La luz verde comenzó su parpadeo rápido. Respiró hondo y tomó el móvil.

«Buenas noches, ¿qué tal lo pasaste, guapa?». Volvió a tomar aire antes de contestar: «Genial, y tú, guapo?». «Muy bien, bellezón... Qué haces? Ya estás acostada?». A María Eugenia se le escapó un «Sí». «Mierda», pensó, envió el mensaje antes de arrepentirse y tuvo que teclear otro rápidamente: «Bueno no, todavía no, me acuesto ahora».

«Dichosa esa almohada» contestó él.

«Por qué dices eso, David?». «Porque eres muy guapa, María, por eso. Me encanta tu pelo rojo, me fascinan tus ojos verdes... Esta noche tuve que hacer un esfuerzo por controlarme. Me dieron ganas de... Perdona, no debería decirte estas cosas». ¿Su pelo? ¡Qué encanto de hombre!

«Pues la próxima vez no te controles», le escribió en un arranque de descaro y aprovechando que no le tenía delante. Él tecleaba y ella permanecía hipnotizada viendo las bolitas diminutas que subían y bajaban.

«¿No? Y qué quieres que haga? Que te haga». La anticipación hacía temblar sus dedos.

«Me gusta sentirte cerca», la reacción de David tardó tres segundos en llegar:

«Cuánto de cerca?».

«Mucho, David, me gusta mucho sentirte».

Esta comunicación era una experiencia nueva para ella y sabía que estaba llegando a una frontera, a una línea imaginaria, y que detrás había un abismo desconocido. No sabía muy bien cómo tenía que comportarse, cuál era el protocolo de estas conversaciones en línea.

«Estás en la cama ya?» le preguntó David.

«Ahora sí». Esperó su mensaje con emoción.

«¿Y cómo duermes?». María Eugenia miró su camisón blanco de encaje hasta los tobillos.

«Desnuda» contestó.

«Mmmmm», replicó él.

Lo que le siguió fue un enredo de teléfono que resbalaba de sus manos, de torpeza y de luz verde que hacía palpitar su sexo. Así fue como María Eugenia experimentó el placer a distancia: un sucedáneo provocado por mensajes breves cargados de erotismo; un apaño virtual sin olor, ni roce, ni gemidos al oído.

Era la primera experiencia sexual en línea que María Eugenia, a sus cincuenta y cinco años, tenía con un hombre prácticamente desconocido y que satisfacía en cierto modo la necesidad que había ido acumulando cada domingo. La alternativa le había dejado un sabor extraño. No estaba segura por qué. Quizás le faltara ese abrazo final, ese cigarrillo, que ya no necesitaba, al finalizar las sesiones amorosas, porque al no tener relaciones había sido fácil prescindir del tabaco a esas horas. Quizás fuera la ausencia de sonido lo que le dejó una sensación de vacío, hasta que se quedó dormida.

A la mañana siguiente y después de responder a su amante virtual y desearle también el «buenos días cariño» por Messenger, se reunió con Luisa para tomar un café. Su amiga se dio cuenta al verle la cara de que algo bueno le había ocurrido. Eso, unido a las ganas que María Eugenia tenía de contar su pequeña aventura, que se le desbordaba por los ojos sin poder disimular, hizo que pusiera a Luisa al día sobre su nueva relación.

—Me alegro mucho por ti, María Eugenia, ya era hora de que conocieras a alguien y te olvidaras de Alfonso. ¿Cómo es? ¿No tienes fotos? —curioseó.

—No, bueno, la del perfil de Facebook.

—¿Y él no te ha pedido ninguna foto todavía? —Luisa arqueó una ceja invitándola a que le contara más.

—Pues no, me tendré que hacer alguna bonita. Por si acaso.

—¿Y ya te depilaste? —Volvió al ataque, esta vez como si estuviera conteniendo la risa.

—¿El qué? ¿Las piernas? No, yo las piernas me las afeito, además, no creo que se la mande de cuerpo entero o con falda. —Le pareció que Luisa la miraba con lascivia. Su expresión se había transformado en una mueca libidinosa.

—¿Las piernas? Pero María Eugenia de mi vida, ¿dónde has estado metida últimamente? —dijo Luisa moviendo la cabeza de lado a lado antes de soltar una carcajada.

Capítulo doce

Los mensajes de David entraban sin pausa y tan pronto ella contestaba, él tenía otra pregunta, otra insinuación, otra sugerencia. Poco a poco, la charla formó parte de su rutina, llenando los días de la semana en la distancia, una conversación sin sonido que se filtraba por su móvil incitando, tentando, provocando reacciones.

Ese diálogo sin miradas, sin lenguaje corporal, sin los cinco sentidos a la vez, causaba sin querer algún malentendido. A veces las frases eran como el alambre donde un equilibrista se balanceaba, un riesgo de meter la pata y estrellarse, poniendo fin así a la amistad. Más de una vez, María Eugenia guardó la respiración, segura de que él no tendría réplica para algún comentario suyo, tan ambiguo, tan fuera de lugar. Pero él se defendía bien cuando ella se había pasado de la raya. David tenía todas las respuestas y todas eran adecuadas; cuando a ella le faltaba convicción, él cubría las grietas por donde se escapaban esas dudas como un experto albañil, taponando cada preocupación, incertidumbre o sospecha de una mujer que quería creer que el interés del hombre por ella era genuino, que tantas atenciones surgían desde la sinceridad.

Por la noche, el chat cambiaba de tono. No se veían desde el domingo y el deseo había ido creciendo, alimentado por propuestas eróticas salpicadas de emoticonos con caras traviesas y lenguas fuera. Le alivió que no le pidiera una foto. Era una cincuentona muy consciente de la competencia. No quería que la comparara con mujeres más jóvenes, como esas que plagaban su lista de amigos en Facebook, aunque fuera alta, esbelta y estuviera agraciada por unos rasgos que daban armonía a una cara adornada por dos ojos verdes que dejaban embelesado a cualquiera que se entretuviese en ellos un momento.

Cuando María Eugenia colgaba algo en las redes sociales, los «me gusta» de él le parecían gestos de complicidad. A veces, los sentía como caricias dulces y hasta que no dejaba su presencia plasmada en su publicación, ella no estaba tranquila.

En pocos días se acostumbró a estas atenciones. Le resultó tan fácil y natural sentirse «requerida» que pronto dio por sentado recibir un «buenas noches, tesoro», «buenos días, amor». Y los besos, tantos besos con corazoncitos en la boca que flotaban en su mente y hacían remolinos en su subconsciente, besos digitales que revoloteaban imaginariamente por todo su cuerpo haciéndole cosquillas y convirtiéndola en un ente ligero, deseado, feliz.

El domingo llegó por fin. En su mente, María Eugenia había construido un puente sólido que la unía a David, sin roce, sin el «cara a cara», sin más que las palabras escritas que podían borrarse pulsando la pantalla digital. Pero las ganas eran tangibles y el hormigueo que sentía mientras esperaba a que él apareciera, también.

Cuando David entró en el local fue directamente hacia ella, que no estaba bailando en ese momento, y la invitó a la pista. Se incorporaron a la salsa que sonaba.

—Buenas noches —dijo dándole un beso rápido antes de un vacílala…

—Buenas noches —contestó ella por encima de la música mientras terminaba de rotar sobre sí misma. El tacto de sus manos calientes la reconfortó.

Cuando terminó la canción empezó una bachata y no pudieron separarse. Él la sostenía por la cintura, ella se colgó inmediatamente de sus hombros y dejaron que la música los sumergiera otra vez en un trance de complicidad, bienestar y deseo.

Ella salió primero del local y él se quedó un rato más. Habían acordado encontrarse en el apartamento de María Eugenia. Mientras rebuscaba en el cajón la ropa interior que había comprado por si se presentaba la ocasión con David, le pasó por la mente la imagen de su exmarido y lo que ella estaba a punto de hacer. David sería el segundo hombre de su vida. ¿Eso era bueno o malo? No estaba segura, pero no dejó que la asaltaran más dudas. Se duchó, se exfolió la piel con cuidado y después de secarse con palmaditas delicadas se untó el cuerpo con una crema rejuvenecedora que desprendía un levísimo aroma a rosas… Era un vergel, floreciendo a cada instante con la anticipación; trepaderas subían por sus piernas y le rozaban el sexo. Sus pezones se habían convertido en flores con pétalos de terciopelo. Su mente era un espacio florido y alegre, lleno de vida.

Cuando él llegó no se anduvieron por las ramas. La recostó en la cama rompiendo con un beso la soledad por la que había llorado tanto. Un primer beso que además la devolvió al pasado, a su adolescencia. David era un amante hábil y generoso, pero ella estaba todavía prendida del beso. Los labios húmedos, la punta de su lengua entreabriendo los de ella despacio para conectar por fin por dentro. Por un momento se sintió insegura imaginando las arrugas de su escote, pensando en su pelo escaso y lacio, pero a él no parecía importarle nada. Le recorría el cuerpo con las manos, con los labios, comiéndosela a mordiscos a veces y con esas atenciones ella creyó que David se estaba enamorando. Ella estaba enamorada ya, o creía que lo estaba, porque este hombre había borrado al otro y le había devuelto las ganas de vivir. Porque al pensar en él, no solo sentía las mariposas que solían habitar en los estómagos de los enamorados, sino que el jardincito de su mente se llenaba pajarillos y de bichitos que zumbaban alegres.

Amanecieron abrazados. Le sorprendió la ternura con la que él se ofreció a preparar el desayuno.

—Qué bonita estás sin maquillar, pareces una niña —le dijo mientras se levantaba y la tapaba para que no le diera frío. «Una niña vieja» pensó ella. Pero aquellas palabras habían rebobinado el contador de su edad y cerraron un poco el abismo que había entre la desolación salvaje de los últimos tiempos y este nuevo estado mental al que se había acostumbrado con demasiada facilidad.

—Gracias, cariño —agradeció sonrojándose y cubriéndose el pecho con el edredón como si quisiera protegerse de algo.

Después de desayunar se despidieron con un beso breve en los labios y un abrazo. María Eugenia se sintió mimada, atendida, completa, no solo por la compañía, sino porque esta vez la escena sexual había tenido sonido, había sido tridimensional y hubo vista, tacto, olfato, gusto, oído...

Cuando cerró la puerta pensó en las palabras de David la noche anterior: «Tienes los ojos tristes, María Eugenia, fue en lo primero que me fijé». Esas palabras habían sido como bálsamos, como vendas, como un emoliente para la aridez de su corazón deshidratado.

Cuando fue al supermercado se deslizó por los pasillos con energía. Varias personas la miraron, percatándose quizás de la luz que desprendía aquella mañana. A cada rato sacaba el móvil, pero no le había entrado ningún mensaje. No le dio importancia, todavía se sentía llena, satisfecha. Miró las golosinas, los chocolates, las galletas, no necesitaba nada. Estaba casi empachada de tanta dulzura. No tenía que compensar ningún vacío. No le hacía falta comer.

Fue ella quien, un poco extrañada por la sequía de mensajes, le escribió preguntándole cómo estaba, que si le ocurría algo. David respondió casi al instante, disculpándose y diciéndole que estaba «muy liado». Ya más tarde, cuando se acostó, le dio las buenas noches, preguntándose si él estaría disponible para una de sus charlas eróticas. Pero él contestó una hora después, cuando ella se había dormido esperando. Abrió un ojo y tomó el teléfono y leyó: «Buenas noches. Un beso».

Eso fue todo.

Capítulo trece

David no le escribió a la mañana siguiente para darle los buenos días. María Eugenia repasó la escena de la noche juntos y del día después, intentando recordar si hubo algo que lo disgustara, aunque él permaneciera atento hasta que se despidieron.

Se conectó a Facebook mientras hacía tiempo para juzgar si debería o no ser ella quien volviera a tomar la iniciativa de escribirle. Lo primero que vio en la pantalla de su móvil fue que él se había hecho amigo de una mujer rubia con apellido de Europa del Este, una joven que parecía salida de un catálogo de modelos. Se sintió incómoda, pero siguió mirando las publicaciones. Otra anunciaba que David había hecho un comentario en una foto del perfil de una brasileña exótica. Era una imagen de espaldas, en postura provocativa mirando hacia atrás, nalgas protuberantes y duras, labios gruesos... «Para quitar el sentido», había escrito él. Se le removieron las tripas y le dieron ganas de vomitar. Pulsó el Messenger y le escribió: «Buenos días, corazón» con el beso de costumbre y esperó. Al cabo de un rato le llegó la respuesta, un buenos días frío y seco, sin beso, sin signo de exclamación, sin invitación a continuar la conversación, una contestación hostil, de compromiso.

María Eugenia se había percatado claramente del cambio de tono y frecuencia en la comunicación, pero aún sentía las manos calientes de David acariciándole la piel. Lo que ella experimentaba no era compatible con la reacción que estaba obteniendo de él. Tendría algún problema, le habría surgido algún conflicto en el trabajo, o con su ex. Algo tenía que haber ocurrido para que él se hubiera distanciado tanto después de esa noche de intimidad. «Mejor no reprocharle nada», pensó, eso no conduciría más que darle excusas para dejar de escribirle del todo. Y ella lo echaba en falta. Ella quería más, no menos, así que volvió a escribirle más tarde.

Al principio, los mensajes de David comenzaron a entrar cada cuatro horas y le proporcionaban el alivio de un analgésico, pero esta tranquilidad le duraba lo que el efecto de la medicina. No entendía cómo ese cortejo intenso de días anteriores había sido canjeado por una noche de sexo y nada más. ¿Sería posible que ya no tuviera ganas de ella? ¿Sería tan primitivo que disfrutaba persiguiendo otra presa, buscando un nuevo desafío, dedicándose a alguien que fuera difícil de conseguir? Pensó en esas nuevas mujeres que él añadía a su Facebook, a veces de una belleza insultante, de una perfección casi falsa que solo se podía conseguir con filtros. Otras mostraban ojos que parecían contener todos los secretos de un continente entero. Pero cuánta mujer guapa, qué tentación para los hombres… Tuvo que agarrarse a la silla para no caer del mareo que hizo girar momentáneamente su penoso mundo.

Decidió dejar el teléfono en un cajón. Lo último que había visto era que David le había puesto un «me gusta» a la foto de una mujer que tenía una melena rubia, larga, lacia, brillante, espesa y le pareció que era una señal con la que él había empezado a conquistarla. Para María Eugenia ese símbolo había sido como un pellizco en el corazón, mientras captaba de refilón en un espejo su propio pelo, que había sido del color del fuego en el pasado, pero que ahora estaba apagado, sin lustre.

Faltaban pocos días para el domingo. Volvería a verle y todo recobraría sentido. Y si no, pues se consolaría bailando con sus otras parejas, nutriéndose de su energía, de sus sonrisas. «Sí, pase lo que pase, el domingo, salsa», pensó, y se sintió un poco más reconfortada.

Capítulo catorce

Después de veinticuatro horas sin saber de él se acostó en la cama y se envolvió en el edredón, como lo había hecho tantas veces pensando en Alfonso. Con la madurez se había vuelto más blanda en vez de más dura, más sensible, más intolerante con las desgracias, la agresividad, los abusos, la indiferencia de los hombres. También se había hecho invisible, como el suelo insulso del supermercado.

No sabía si era por su edad o por que vivía con un socavón en el pecho que no se llenaba con nada, pero necesitaba aliviar esta soledad que le había dejado la ausencia de mensajes de David. Esto era, para ella, violencia emocional, terrorismo psicológico, una barbarie, chilló mudamente. La había llenado de cariño con sus textos cargados de apelativos como «belleza» o «reina» y ella había sucumbido a él por la necesidad de volver a sentirse deseada, amada.

Ella había crecido en el pueblo junto a mujeres que se movían a la sombra de sus maridos. Le costaba acostumbrarse a vivir sola. Y ahora, en la desolación de sus horas vacías, desganada, incapaz de sacudirse el tedio para salir de la casa, su mente reclamaba que le administraran esa inyección de piropos, que David abasteciera su ego con un tratamiento de atenciones que quedó interrumpido antes de tiempo.

Ni se había planteado que hubiera una fecha de caducidad para lo que acaba de empezar y que repasaba una y otra vez: una relación, la mayor parte del tiempo en línea, con un hombre con quien bailaba los domingos y con quien había tenido una experiencia sexual absolutamente satisfactoria. La conexión había sido obvia para ella. Aunque conocía sus límites: las arrugas disgustaban a la mayoría; las líneas marcadas en la piel añadían un obstáculo y no pasaría nada por una noche, pero desplegadas como una alfombra hacia el futuro solo servirían a la larga para ser despreciada por un hombre superficial que tenía acceso a tantas mujeres más jóvenes.

Tuvo que reconocer, analizando el carácter de David y lo poco que conocía de él, que este tipo de hombres no está preparado para amar y para darlo todo —porque haberlos los hay—, que este era de los que no estaría dispuesto a escuchar, a sacrificarse un poco, a mojarse. Era demasiado independiente y egoísta, porque si no lo fuera, no le hubiera dado la espalda de eso modo. Habría sido más considerado. Al ver los intentos de ella por continuar con la comunicación, le habría puesto las cosas claras, como Alfonso con aquel afilado «soy feliz con Ana».

Recordó cómo al principio, con la excusa de poder organizarse y salir juntos, David había quedado en darle sus horarios y turnos de trabajo, aunque nunca se los dio. Cuando chateaban también le contaba lo que iba a hacer ese día, pero eso dejo de hacerlo muy pronto. Esa construcción de la posibilidad de una relación duró lo que tardó en acostarse con ella. «El hombre promete y promete hasta que la mete», como decía su abuela. «Algunas cosas no cambian nunca», se lamentó, pero él no le había prometido nada. Eso tenía que admitirlo. No le juró amor eterno. No le pidió que se casara con él, aunque en sus juegos de palabras rozara ciertas ideas que a ella se le antojaron como insinuaciones que apuntaban a que sí, que él estaba enamorado de su conversación, de su cuerpo, de su manera de bailar, de ella entera y que no se cansaría nunca, que había futuro por delante. Y ella se lo había tragado todo, como un jarabe que se supone que te cura o alivia, pero que en realidad no sirve para nada.

Hubo alguna comunicación durante los días siguientes, pero los mensajes llegaban como con cuentagotas. El mundo de María Eugenia se paralizaba si David no le escribía en todo el día. Visualizaba un escaparate. Se veía formando parte de ese espacio, un maniquí inmóvil, atrapado en un despliegue que anunciaba un mundo mejor: las dunas doradas de unas vacaciones junto al mar; el azul intenso de un cielo que nunca amenazaría tormenta, perenne y de mentira, como el mundo virtual en el que se había quedado enganchada.

Le pareció que estas relaciones en línea, aliñadas solo con algún roce, además de intensas vencían prematuramente. Comenzaban, alcanzaban su punto álgido y en unos meses o menos ya estaban despachadas. Lo que antes hubiera durado dos años, ahora se condensaba de tal manera en esos textos breves que, obviamente, tenían que explotar tarde o temprano.

Ella, por su parte, se desvivía por aparentar serenidad y comprensión cuando redactaba los mensajes. Pero nunca volvió a obtener la misma atención por parte de él ni el interés que demostraron en su día aquellos textos que llegaron a adquirir un tono tan caliente y acaparador, que

María Eugenia no tardó en rendirse a este playboy del siglo veintiuno.

«Tenía que haber sido más insolente, más dura» pensó. Quizás todo fuera un juego y ella no movió bien su ficha. Se planteó que esa necesidad, esa sed de él no podía ser normal. Cuando David empezó a faltar a salsa los domingos, en su desesperación, acabó estrellando el móvil contra la pared del dormitorio. En el hundimiento que produjo en el yeso pintó el emoticono del diablo violeta con cara de mala leche, no el que usaba él cuando estaba intentando seducirla, sino el otro, y de vez en cuando añadía trazos que expandían la pintura como una mancha, como un charco morado que se extendía como su desilusión.

Hasta que una noche él fue a su casa. Ella le abrió la puerta y al verlo plantado ahí delante le rodeó el cuello con sus brazos y no le hizo preguntas. Convencida con las ansias que tenía de recuperarlo de que si se comportaba como él quería y esperaba en la cama lo retendría algún tiempo, se sumergió en el sexo más frío y automático que había experimentado. Al fin y al cabo, era lo que él había ido a buscar, con tirones de pelo y nalgadas en el culo incluidos.

Cuando al día siguiente comprobó que David volvía a desconectarla cuando quería, que desaparecía sin dejar rastro, cayó en la cuenta de que esto era lo que anhelaban tantos hombres: no tener que escuchar más, la apagaba a ella y encendía otra, la que más le interesara. Se imaginó el teléfono de David como un control remoto para elegir de entre un catálogo de mujeres en vez de canales de televisión.

Le pareció que no quedaba oxígeno en su casa. Le costaba respirar y se vistió sin concepto de la moda o del gusto. Tomó las primeras prendas que encontró y salió, pero fue incapaz de arreglarse el pelo o ponerse maquillaje antes. No tenía la energía. Necesitaba hablar con alguien, soltar todo lo que llevaba dentro, esa carga que le atrofiaba los pulmones, que ahora reclamaban una dosis de nicotina con urgencia.

Cuando Luisa le abrió la puerta la vio mal, pero antes de reaccionar, María Eugenia se había derrumbado en sus brazos.

—¿Pero qué pasó, criatura? —El hombro de Luisa no tardó en mojarse con las lágrimas y la saliva de María Eugenia, que no podía emitir otro sonido que el de los sollozos ahogados, imposibles de controlar. Estaba temblando, abrazándose a su amiga a la que veía más cercana porque sabía de David que por los veinte años de amistad que las unían.

—No entiendo cómo era tan cariñoso y, después de estar conmigo, si te vi no me acuerdo —balbuceó al fin con los ojos fijos en la mancha húmeda que había dejado en la camisa de seda de Luisa.

Luisa se separó de ella y la ayudó a caminar hasta el salón. Le pidió suavemente que esperara, que le iba a preparar una tisana. La sentó en el sofá, le colocó un cojín en la espalda y con una caricia en la cara le prometió que regresaría enseguida. En ese momento, María Eugenia volvía a tener cinco años y escuchó como su padre cerraba de un portazo la puerta de la calle prometiendo no volver jamás. Cuando en breves minutos Luisa entró en la habitación con dos tazas humeantes, se sintió un poco más aliviada y respiró hondo.

—La historia de siempre, mujer, no le des tanta importancia. Siempre es así. —Intentó consolarla después de oír la versión de la mujer enamorada que tenía enfrente—. Hay que aprovechar esos momentos cuando sabes que los tienes cogidos por los huevos porque están deseosos de tenerte y te sientes como una emperatriz, como una diosa, y ellos están encendidos como luciérnagas para conquistarte y van por ahí como sedados, atraídos por el aroma que desprende tu cuerpo y te olfatean desde lejos y se ponen como bobos. —A María Eugenia le sorprendieron esas reflexiones y se preguntó cómo Luisa había acumulado tanta experiencia en estas relaciones fugaces a pesar de estar casada—. Encoñados, vamos —añadió.

—Las luciérnagas hembra también se iluminan —musitó María Eugenia.

—Y tanto —dijo guiñándole el ojo—. Mira, cari, solo nosotras podemos decidir si nos hacen daño. Tenemos la contraseña de nuestro corazón, aunque a veces se la demos a alguien y claro, luego tenemos que cambiar la contraseña si conocemos a otro. Lo mejor es tomarse las cosas con muuucha calma. No entregarse tanto, protegerse bien para que no te quedes hecha una piltrafa cuando se van. —María Eugenia percibió cómo le había cambiado la cara a Luisa. Solo fue unos segundos, se había quedado atrapada en alguna experiencia dolorosa mientras decía aquellas palabras, pero se recuperó al instante—. Que te duró un fin de semana, tómatelo como el que va al spa. Te relajaste, te regeneraste y ya. No lo puedes hacer todos los días, ni siquiera todos los fines de semana. —Se le escapó una carcajada. A medida que escuchaba a Luisa se descascarillaban los ideales fortalecidos por valores familiares de otra generación. ¿En qué burbuja había estado metida todos estos años?

—Mira, tesoro —continuó Luisa—, este medio, me refiero al WhatsApp —dijo alzando su teléfono—, nos ha dado la falsa creencia de que podemos preguntar intimidades: que a quién conocen, por qué estaban conectados tanto tiempo, con quién hablaban; aparte de querer enterarnos de lo que hacen en cada momento. Antes no nos enterábamos de nada, a no ser que estuviéramos presentes cuando le silbaban a una mujer por la calle, ahora le ponen un «me gusta» y ya está. Pero que podamos acceder a gente a cualquier hora, no significa que podamos entrometernos en sus vidas a cada minuto del día, ¿no te parece?

—Ojos que no ven, corazón que no siente —pronunció María Eugenia recordando alguna supuesta reunión de Alfonso. Sentía como si un vapor empañara su cerebro.

—Tenemos que recuperar el derecho a la privacidad, a la intimidad —continuó Luisa aprovechando las ganas que tenía de manifestar su opinión al respecto.

—Pero es que él me niega la posibilidad de escucharle de nuevo, de poder hablarle frente a frente. Me deja sin poder hablarle mirándole a los ojos. Yo quiero verlo. Quiero decirle cómo me siento. Quiero saber qué es lo que piensa. Reclamo ese derecho a que no me quite la voz, a que no me deje muda y sorda, porque también quiero saber lo que tiene que decir. Ni siquiera se digna a hablar por teléfono. Me da largas.

—¿De qué derecho hablas? El derecho es de él a hacer lo que le da la gana. ¿Dónde dice que tenga que darte explicaciones o decirte cómo se siente? Si no ha heredado esos valores, olvídate. No todo el mundo siente esa obligación moral, y menos después de acostarse dos veces con alguien. Además, la mayoría de los hombres, María Eugenia, están saturados, desbordados por el interés de las mujeres. Él tendrá amigas para dar y regalar, sobre todo si va a salsa. ¡Pero cómo puedes ser tan ingenua hija mía de mi vida?... Te voy a llamar María Ingenua. —Y volvió a soltar otra carcajada.

Pero a ella no le hizo ninguna gracia esa ocurrencia.

Capítulo quince

Lo que más le costaba era seguir adelante sin que David le hubiera proporcionado la paz de una clausura. Aunque ya tenía asumido que para él la experiencia había sido una más, ella necesitaba un «cierre» que la ayudara a recomponerse para hacer borrón y cuenta nueva.

Por la mañana no le importaba tanto su indiferencia, pero por la noche se sentía vulnerable y triste, porque la asolaba el mismo miedo que a un niño pequeño en un cuarto oscuro. Se refugiaba en la idea de bailar los domingos, no porque él pudiera estar allí, sino porque había encontrado en la salsa un tratamiento efectivo contra el malestar del vacío y la soledad. Añoraba cuando la felicidad estaba contenida en las cuatro paredes de una casa. Ahora tenía que ir a buscarla fuera, fabricarla con cada paso que deslizaba sobre la pista, con cada giro, con cada cuerpo cercano y reconfortante y con las pequeñas charlas que se intercalaban entre baile y baile.

Necesitaba reconstruir el equilibrio perdido por empeñarse en David, por haberse entregado en cuerpo y alma y sin armadura. Ahora entendía también que no haber estado curada del estado emocional causado por la rotura de su matrimonio, dificultaba la tarea de sanarse.

En un intento por continuar el contacto, pretendía hacer como que seguían siendo amigos y le preguntaba cómo se encontraba, si iba a bailar o qué tal el trabajo. La ventaja de los mensajes era que podía expresarle ánimos y aparentar serenidad a pesar de su angustia. David no veía el maquillaje agrietado por los surcos de las lágrimas ácidas que lo corroían. Ella disfrazaba sus sentimientos verdaderos con emoticonos sonrientes.

Durante este proceso, llegó a tener la sensación física de que toda el agua de su cuerpo se estaba convirtiendo en lágrimas a las que sus ojos tendrían que dar salida sin poder dar abasto. Estaba plena de llanto, pero era una sensación tan intensa, que dudada que pudiera ser producida por los acontecimientos de las últimas semanas.

A ratos, las lágrimas surgían como de una fuente profunda e inagotable que parecía originarse en las penas fermentadas que asolaban al mundo desde que era mundo. Porque había suficientes para eso y para más: las guerras, las epidemias, la desigualdad, las injusticias, las violaciones, vejaciones y abusos, las enfermedades incurables, las muertes y todas las desgracias de los siglos y siglos y las más recientes, como la de angelitos de alas rotas estrellados contra la orilla de una playa.

Por este pozo profundo se filtraban también sus tragedias personales y distantes, como la pérdida de sus padres, y se sentía más huérfana que nunca, más desvalida, más necesitada de ellos y hubiera dado lo que fuera por volver a abrazar a su madre para escucharla decir que no fuese bobita, que todo se iba a arreglar; la ausencia de las manos de su marido acariciándole la piel, susurrándole al oído que la quería mientras hacían el amor; los abrazos de su hijo que ya solo existían en la memoria, porque se había marchado sin mirar atrás. Todas esas emociones y recuerdos eran como un sedimento orgánico que se había descompuesto para crear este llanto interno que parecía interminable, como chorros de petróleo que ahora se derramaban a raudales por sus ojos y que en su imaginación parecía poseer el volumen cúbico de las cataratas del Niágara, la fuerza de Iguazú y la furia líquida y brillante del Salto del Ángel.

Por momentos, ráfagas de fuego abrasaban su piel, como cuando presentía que él estaba con otra mujer, y luego venían las inundaciones… Los ojos formaban parte del medio ambiente de su cuerpo, un ecosistema de necesidades que se alteraba por las emociones, por el desequilibrio que provocaba depender de terceras personas. Pero muy dentro sabía que eso terminaría tarde o temprano, que esa agonía no duraría siempre, como esa fuente de energía fósil no renovable que emanaba de las entrañas de la tierra.

En momentos de lucidez quería desenfundarse esa pena, ponerla enfrente a ella, poder observarla así, desde fuera, objetivamente. Podría ser una técnica para superarla, un último intento, quebrada su voluntad, de seguir hacia delante. El dolor le llegaba por partida doble: no solo tenía que recuperarse por haber perdido a su marido para siempre, por reconocer que prefirió a otra mujer, sino también por quedarse sin quien había pensado que sería un nuevo compañero, el hombre que compartiría con ella esta etapa de su vida.

Además, a la soledad que sentía por culpa de la ausencia de su marido y de su hijo había que sumarle la del amante, lo que triplicaba la sensación de desamparo. Los últimos intentos por llamar la atención de David se derramaban por el sumidero del Messenger, por donde se perdían tanto cariño y atenciones. Todo caía en saco roto: su inmensa capacidad para amar, para concentrar sus energías y creatividad en esa persona que le había mostrado un poco de atención, algo que él no necesitaba ya. Sus contestaciones cada vez más escasas eran prueba de ello, aunque a María Eugenia le costara tanto reconocerlo.

Pensó tomar una sobredosis de café, pero no sabía qué tipo de muerte le esperaría. Quizás quedaría fulminada por un ataque al corazón, ese músculo machucado, remendado, que debía seguir latiendo porque así lo decía la sociedad y por el instinto de supervivencia que venía del hecho de que nuestro planeta estaba en su justa distancia del sol y teníamos el milagro de la vida, que seguía evolucionado desde sus orígenes.

A través de Alfonso y ahora de David, había podido conocer su faceta negra, la negatividad que le provocaba que la dejaran de lado y las barbaridades que se le ocurrían. La única diferencia con este último hombre era que no se había inventado un nombre para insultarle en las redes. En realidad, se estaba haciendo más tolerante cada día que pasaba, más comprensiva.

Intentó desviar la atención de sí misma y reflexionar sobre qué técnicas emplear para olvidarse de David, quien con aquella inicial amabilidad, que ahora le parecía bien medida y calculada, se había hecho un hueco demasiado grande en su día a día. Tenía que extirparlo como un tumor maligno. Pero el recuerdo de su voz suave, de su entonación a ratos cariñosa, incluso mimosa en su oído, le dolía más que la falta de besos y abrazos, de su miembro duro empalándola en la cama para matarla de placer y morirse él también a la vez y volver a resucitar momentos más tarde, renovados, reciclados, con ganas de seguir viviendo, el instinto satisfecho. Solo dos veces habían bastado para que ella cayera sin red que evitara que se estrellara contra la dureza de la indiferencia, dejando restos de sueños despedazados.

Con la segunda taza de café recordó el alivio que le producía últimamente la pintura. La inyección de cafeína la ayudó a disipar un poco el mórbido deseo de la muerte.

Al final de la tarde había realizado el dibujo de dos cuerpos desnudos sobre las sábanas, un testimonio de lo que pasó. La evidencia de que él era real y habían sido uno.

Capítulo dieciséis

El paso de los días no mitigaba el dolor que sentía. Había progresado en la tarea de asumir lo que le había ocurrido, pero no dejaba de ver cómo una pequeña tragedia personal haberse acostado juntos y acabar metida en la lista de mujeres usadas. Necesitaba otra sesión con Luisa o acabaría llamando a David y suplicándole que fuera a verla. Se arrastró hasta la casa de su confidente como si llevara puesto un abrigo cinco tallas mayor que su cuerpo, o sería que se sentía así porque toda ella se había encogido por dentro y por fuera.

—Que no te escriban después de hacerles una pregunta... ¿cómo te lo tomarías?

—Depende. A veces se están pensando la respuesta, a veces nunca llegan a contestar porque pasan de ti y dejan que sea el tiempo el que ponga las cosas en su sitio. En muy contadas ocasiones no pueden por cualquier motivo, pero generalmente te puedes imaginar lo peor. Pero no te preocupes tanto, cielo —la animó Luisa al ver el efecto que estaban teniendo sus palabras—, hasta los más serios acaban aburriéndose. No te lo tomes como algo tan personal. Cada uno está en su mundo, con sus problemas y hoy en día parece que muy poca gente está dispuesta a comprometerse, a darlo todo. —Ella los trataba igual, no pensaba alterarse. Era solo un juego, una farsa. Lo había aprendido cuando decidió que si su marido tenía amigas, ella también se daría el gusto de comportarse como si fuera libre.

—Yo creo que David ya está con otra. La verdad, no sé qué es mejor, si verlo conectado, lo que me hace pensar que está chateando con alguna, o si ver que no se ha conectado en horas, lo que me hace pensar que está en la cama con alguna.

—O quizás esté viendo vídeos en Facebook o esté trabajando. ¿Por qué siempre piensas lo peor? De todas formas, ¿para qué te comes tanto el coco? Yo es que ni me lo plantearía. ¡No me digas que vas mirando a qué hora se conecta! —Luisa arqueó una ceja, incrédula.

—Pero, Luisa, si nada dura, si has terminado convirtiéndote en una persona tan cínica, tan desilusionada, ¿por qué no pasas de los hombres ya?

—Siempre volvemos a caer porque todos llevan distintos disfraces y pensamos: este es diferente; pero al final casi siempre es igual. Pasa lo mismo tarde o temprano. Tienes que aprender a sacarle partido a la situación. Aprovéchate tú también de ellos, pero ponte una coraza. No te dejes llevar por tus emociones. Además, yo no busco una relación seria con nadie. Estoy casada. Ese no es mi objetivo.

—A veces me escribía tan contento...

—No quiero hacerte más daño, pero ten en cuenta que si de repente se ponen contentos por una razón no aparente es porque alguien les está correspondiendo, simplemente la alegría te está salpicando a ti. Se ponen contentos porque van a ver a otra que igual llevaban tiempo persiguiendo y se les desborda la felicidad. Y tú, como una idiota pensando que es por ti.

—Pero lo que me planteas es horrible, ¿de qué te sirve tanto sufrimiento? ¿Tú por qué no te conformas con tu marido?

—¿Quién dice que yo sufra? Ya sé cómo funciona esto. El que no me enamore o que pasen de mí no significa que lo pase mal. ¿Mi marido? ¡Ja! Él se olvidó de mí hace tiempo. Ya no disfrutamos de ciertas cosas y yo tengo mis necesidades y no quiero renunciar al sexo, que me encanta.

—¿Y cómo lo haces? ¿Es que no te quema tener diferentes relaciones? ¿No te desgastas emocionalmente?

—¿Pero no te estoy diciendo que no me involucro? Me he acostumbrado a coleccionar momentos porque son solo eso, ratos con un final. No espero nada de ellos, pero intento que el tiempo que pasamos juntos sea lo más agradable posible y así se convierte en un buen recuerdo. Al final son solo eso, recuerdos.

—Pero ¿me estás diciendo que ya no existe el amor, que nadie se enamora? —Tenía la mirada fija en un pelo negro que se balanceaba en la taza de Luisa, pero no tenía fuerzas para quitarlo o decírselo.

—Es mejor no pensarlo. Si surge, pues bien... pero no caigas en la dinámica de esperar que cada relación que tienes se va a prolongar o va a culminar en matrimonio, estás un poquillo anticuada si piensas eso, eh. Que te escriban no quiere decir que quieran profundizar en nada. Tú mantén tu distancia. Tómalo como lo que son: desconocidos. No se puede ahondar a través de los mensajes como se debiera. Por eso les gusta tanto a muchos. Y ni se te ocurra contarles tus problemas. Al principio, por educación, te dan consejos, pero no caigas en la trampa. Es una falsa sensación, no es sostenible.

—Pero es que no entiendo cómo hay gente que busca desesperadamente lo mismo, tener pareja fija, y no se encuentra. Me consta por algunas mujeres que van a salsa que les gustaría tener una relación. No importa la edad que tengan, las jóvenes solteras, las divorciadas y nada.

—No todas quieren eso, eh, y a algunos hombres les gustaría, ya ves, pero de todos modos hoy en día es muy difícil. Casi nadie quiere invertir tiempo en construir una relación. Si no hay chispa nada más verse, se alejan. No te dan tiempo a que te conozcan. Además, los hombres tienen mucha posibilidad de elección. No todos claro, pero atrás quedan los tiempos en que para estar con una mujer se las veían y deseaban o se tenían que casar. Ahora levantan una piedra y les salen treinta. Todas aparentando ser perfectas. Todas deseando complacer y todas igual de desesperadas. Además, no importa ser guapa, inteligente, estupenda. Eso no garantiza que se quedarán contigo. Te mirarán como algo bonito en un escaparate, pero pueden llegar a decantarse por otra con quien encajan mejor. O te conocen, te prueban y a otra cosa mariposa, ¿para qué quedarse con una sola, si pueden tener lo mejor de cada una?

—Pues yo no voy buscando complacer sin nada a cambio. Me gustaría que el interés fuera mutuo. Yo a sabiendas no me presto a eso. Yo necesito amor y que me correspondan.

—Pero es que en tu estado nadie va a poder satisfacerte. Necesitas demasiadas atenciones. A no ser que encuentres a alguien que esté como tú, así de vacío y necesitado, que aunque los hay, igual no te gustan. Es difícil, cariño. Todo parecía más sencillo antes porque por lo menos teníamos el tiempo por delante, no cargábamos con tanto equipaje y no había tantísima competencia y tantas distracciones. —María Eugenia se fijó en el magnífico resultado de la cirugía de ojos que le habían hecho a Luisa. Había sido una intervención discreta para eliminar las arrugas más evidentes, pero conservando la naturalidad de la fisonomía de una mujer de casi sesenta años. La operación de pecho no le pareció tan acertada, quizás porque a esa edad no era tan normal ver ese busto tan erguido y esos pezones respingones.

—Será que todos están buscando lo que no existe —suspiró—. Están idealizando a las mujeres que ven en una fotografía y luego, cuando las conocen personalmente y ven que no hay magia, pasan a la siguiente, confiando en esa utopía. Lo que no me cabe en la cabeza es que David me dijera tantas cosas al principio. Me ilusionó. Me trató como si yo fuera especial.

—Bueno, pero es que tú eres especial. Eres linda, sincera, cariñosa. Sin descartar que te estuviera mintiendo para tenerte en el bote más fácilmente, pero tal vez estuviera entusiasmado de verdad en ese momento, quién sabe. También es cierto que esas cosas que se dicen miden cómo nos sentimos en el momento. Lo llenos de ilusión que estamos al principio. Pero nadie es adivino, nadie puede garantizar cómo nos sentiremos en el futuro y menos en un mundo tan superficial como el de hoy, donde todo expira tan pronto. —Escuchando las palabras de Luisa, María Eugenia sintió como si el enorme abrigo imaginario que llevaba se hubiera mojado y pesara incluso más. Necesitaba acostarse. Quería apagar el día, terminar con todo. El apego, el dichoso apego. ¿Cuándo aprendería a deshacerse de la necesidad de conservar lo perecedero? Todo tenía fecha de caducidad. La mayoría de las relaciones, desde luego y, para su desgracia, los recuerdos se quedaban adheridos a ella como lapas a las rocas—. Lo que está claro —continuó Luisa— es que la indiferencia hace mucho daño. Si no sabemos por qué nos ignoran sufrimos una tensión mental increíble, aparte de afectar también nuestra autoestima. Y ten cuidado porque a veces se saturan y te bloquean. Tienes que aprender a protegerte, cariño.

Te bloquean. A María Eugenia le pareció una canallada brutal. El poder en manos de esa persona para dejarte mudo, ciego, muerto. Desapareciste de su vida. Te hicieron invisible sin oportunidad para refutar nada, para defenderte, para expresarte. Se le ocurrió un título para su siguiente cuadro: *Los bloqueados*, en el que ya veía imágenes de gentes aplastadas por una tapa de acero, apretujados en el interior de un espacio, aislados, apestados, algunos llorando...

Capítulo diecisiete

Hacía semanas que no veía a David y su presencia en el bar de salsa la cogió desprevenida. Llevaba varias horas bailando y no se había percatado de su llegada. Resignada, ya había dejado de ojear la puerta a cada momento por si aparecía. Lo vio en la pista mientras hacía uno de los giros y quedaba de espaldas a su compañero de bachata. Él bailaba con una de las fijas del local, una mujer alta y huesuda, de unos treinta años, que llevaba mucho tiempo yendo, desde antes incluso de que María Eugenia empezara con las clases.

Observaba discretamente la cara de David cada vez que podía, aprovechando cuando giraba o cuando sus ojos quedaban por encima del hombro de su compañero de baile. Lo miró de arriba abajo como si nunca lo hubiera visto antes, como si así pudiera descubrir quién era de verdad y por qué había perdido interés por ella, intentando leer su mente. Escrutó cada facción, cada rasgo de ese rostro que había ansiado tener entre sus manos y que todavía deseaba; analizó cada expresión compartida con la pareja de baile y entonces, al fijarse bien en sus gestos, pudo percibir una intimidad mal disimulada. Esas manos unidas en la pista habían sido cómplices en la cama. Sus miradas contenían la armonía de las personas que han compartido algo más personal que un baile. Ella notaba esa sintonía en las breves palabras que entrecruzaban, como si fueran un matrimonio, aunque no pudiera escucharlas por la música. No era un comportamiento formal de quien no se conoce bien, ni siquiera de amigos. Eran los guiños y muecas de gente que ha cruzado ya la frontera de sus cuerpos.

Le habría dedicado la siguiente canción si se hubiera atrevido, Como la marea, de Tromboranga. Qué apropiado, pensó mientras la escuchaba. David ni siquiera se había acercado a ella. Invitó a bailar a otra mujer. «Como la marea llegaste, ahogándome en amor...», ni la había mirado... «como la marea te fuiste, huyendo con el sol», puñetero.

Intentó encontrar consuelo en la letra, porque su sufrimiento era universal: «se fueron tus caricias, dejándome el dolor...». Estaba todo sentido, vivido, hecho, dicho, escrito, cantado y bailado. Entonces, justo cuando terminó la canción, se encontraron frente a frente. Ella lo tomó rápidamente de las manos, como para que no se le escapara, y él asintió con una sonrisa a medias, pero mientras se movían al son de Tendré que cambiar, de Clandeskina, ella lo pisó y se tropezó varias veces. Estaba nerviosa y las suelas de los zapatos de salsa no se deslizaban por el suelo del todo bien. No congeniaron en la pista. Los giros eran torpes y le dio un manotazo en la cabeza al intentar adornar una figura. A pesar de las ganas que tenía de estar con él, deseó que la canción terminara lo antes posible.

Cuando regresó a su casa tuvo una recaída emocional y le escribió. Verle había vuelto a estimular la dependencia que sentía por él, la necesidad de tenerlo, a pesar de haberse estado mentalizando con ayuda de Luisa de que lo mejor era dejarlo ir, aún sin un adiós definitivo que dejara las cosas claras por parte de David. Necesitaba que le explicara al menos por qué se había alejado así, tan de repente y después de que todas aquellas palabras cariñosas hubiesen germinado en su mente.

A través del mensaje dejó fluir todo lo que llevaba dentro y que había acumulado a lo largo de estas semanas sin saber de él. «Estoy tan baja de ánimos desde que no te veo... Me haces tanta falta. Te echo mucho de menos, cariño» se sinceró, porque, además, ¿a cuenta de qué tenía que reprimir sus emociones? pensó. Habían tenido una relación íntima, aunque solo dos veces, pero no se habría acostado con él si no le gustara tanto.

«María Eugenia, mira, no tengo tiempo para hablar. Si quieres, te receto unos antidepresivos».

Parpadeó unos segundos y volvió a leer su respuesta. El instinto de insultarlo la inundó. Fantaseó con poner algún comentario en Facebook, una de esas indirectas, pero se contuvo. Entonces, en ese ejercicio de control en el que calibró las palabras de David, se inició un mecanismo de autoprotección que superó la rabia que la cegaba, abriendo paso a emociones aún más fuertes. Aunque pocas veces había experimentado esos sentimientos, notó como la dignidad y el amor propio quebraban la furia que la había encendido y la hicieron decidir que era ella y solo ella quien tenía el poder de no dejarse afectar por un hombre como David, y que transformaría toda esta negatividad y odio en algo positivo. Convertiría este vertedero emocional en un oasis.

A pesar de haber reaccionado, cortando así los flecos emocionales de una historia que merecía ya su punto final, no pudo dormir y llenó las horas de sueño con una llantina que logró vaciarla del todo durante una interminable y negra noche en la que aceptó, por fin, que nada es para siempre, y que no hace falta una excusa para concluir una historia sentimental. Todo era efímero, como pompas de jabón que observamos por un momento en que consiguen nuestra atención, burbujitas transparentes que flotan y estallan.

Reflexionó sobre los mensajes que tenían ya el sabor de las despedidas: unos besos que faltan, como los de Alfonso cuando estuvo ingresada en el hospital, o la ausencia de los emoticonos pícaros, de flores digitales, de frases cariñosas con nombres cariñosos que caracterizaron la conversación, cuando ya te has convertido en una más, una más, una más, como un eco insoportable, una del montón, de las que ya no cuentan, de las que ya no valen, de las que ya no sirven, de las que sobran y han sido reemplazadas, olvidadas, como objetos inútiles de decoración. La experiencia con su exmarido había terminado siendo igual y si retrocedía en el tiempo también notaba esa carencia de afectividad por parte de su padre hacia su madre, esos besos que faltaron y que le negó a ella también antes de que se marchara para siempre.

Por ese amor ausente, ahora iba como alma en pena buscando que le dieran lo que no le dieron cuando tuvieron que haberlo hecho, como si necesitara muletas emocionales que la sujetaran y ayudaran a avanzar. Todo la hacía regresar a su infancia, hacia sus orígenes, todo era restar y restar, cuenta atrás.

De madrugada le entró la lucidez, justo cuando clareaba. El día empezaba y eso sí que no cambiaría nunca, pensó con optimismo. Amanecería todas las mañanas y los pájaros volverían a cantar. La idea le llegó nítida, transparente: montaría su propio negocio. Y en cuanto a los hombres, eran meros mortales, como ella, y ya nadie marcaría el ritmo de sus emociones. No estaría supeditada jamás a los caprichos de una persona que le escribía cuando le venía en gana. Era fuerte, humana, sí, y por tanto con una capacidad innata para regenerarse, para superar la pena. Tenía que dejar de sentirse fracasada. Se incorporó en la cama y acordándose de aquella escena de Scarlett O'Hara en *Lo que el viento se llevó*, cuando levantaba el puño y decía «a Dios pongo por testigo», ella también se prometió, aunque con menos dramatismo, que ya nunca nadie la derribaría de aquella forma, que nunca dejaría en manos de otros su felicidad. Había sufrido con Alfonso y David la había rematado. Nunca más.

Capítulo dieciocho

Los meses pasaron y trajeron todos sus días de calendario, que a veces transcurrieron con lentitud, pero que barrieron las cenizas de desilusión que quedaban y fueron suplantadas por proyectos, ideas y mucha creatividad. Se reinventaba cada día, pero el sentimiento que más experimentaba era de paz. No tener que estar pendiente del móvil para ver si le escribían era un alivio. Se sentía serena y entera otra vez.

Había dejado de poner los «me gusta» en las publicaciones de David porque se negaba a ser una más en su colección de mujeres. Hacía tiempo que él ignoraba las pocas cosas que ella publicaba. También se había enterado en una de las charlas entre baile y baile que su mujer había regresado de Colombia después de haber tenido que pasar unos meses cuidando a su madre. Supo que lo de estar «separado» era solo por las circunstancias, no porque lo hubieran decidido, y que por eso ya no iba casi nunca a salsa.

De Alfonso sabía poco, solo lo que salía en la prensa y ni siquiera le importó que sospechara que había sido ella la que había plagado las redes de comentarios negativos escudándose tras aquellos absurdos nombres de usuario.

Las experiencias de los últimos tiempos la habían transformado en mejor persona, más reflexiva, más tolerante.

Aprendió a no envidiar, a no ver a otras mujeres como competencia, sino como eslabones de una cadena que hacían que la maquinaria se moviera. Sin ellas no habría hombres. No eran contrincantes, trabajarían juntas, como en un engranaje. Se esforzó por no tener celos, por no ser posesiva. Se propuso dar lo mejor de ella misma. A nadie le gusta que le recriminen por no satisfacer las expectativas, que le exijan más atenciones de las que puede dar. Si la persona no merecía la pena, solo tendría que dejarla de lado, dejarla pasar, y si la persona sí merecía la pena, pero no la quería a ella, pues qué mejor que buscar consuelo en su suerte, en desear que encontrara lo que buscaba.

Le reconfortaba ver personas felices. Eso la hizo reconciliarse con Alfonso. Ya no le guardaba rencor. Llegó incluso a sentir lo más parecido a un entendimiento emocional con Ana, su rival durante años y quien tuvo que haberlo pasado mal también, esperando que por fin Alfonso se decidiera a dar el paso.

Tenía que consolarse con este afán por ser cómplice de otras mujeres; en aceptar que sería otra la que estaría disfrutando de las atenciones de David. A la mayoría le gustaba sentirse especial, deseada; pues que disfrutaran del momento, que luego vendría el desengaño... o no, si eran como Luisa, o se convertían en la pareja ideal.

David nunca le mintió ni prometió nada, ¿acaso era malo por eso? Fue ella quien se lo había imaginado todo por su necesidad de cubrir ese espacio que habían dejado recientemente su marido y su hijo. David había sido un parche momentáneo para su soledad. Estaban en momentos diferentes, con necesidades diferentes. Se consoló pensando en esas mujeres, también hombres, que ya habían descubierto el secreto de la felicidad y que nada tenía que ver con el sexo opuesto, sino con el interior de cada individuo.

A veces se regodeaba en el recuerdo, como quien acaricia una cicatriz, y supo que estaba curada. Durante esta recuperación entendió que su dependencia había surgido por la profunda necesidad de sentirse amada, que no era bueno llegar a alguien con tal ansiedad por sentirse querido.

Buscaba alivio bailando y con la bachata agradecía los abrazos, la complicidad de los cuerpos surfeando al mismo ritmo, las ondas, las invitaciones gentiles a dar una vuelta, las órdenes suaves de seguir moviéndose. Le gustaba ocupar un mismo espacio por la pista, el calor de otros, la fuerza de los hombres, la complicidad implícita en el baile. Agradecía la compañía, la calidez, no importaba la edad, no importaba quién. Se consolaba escuchando la letra de esos temas calientes, de los desengaños, del sufrimiento del que cantaba. Cerraba los ojos y apreciaba que la sujetaran, así no se iba a caer nunca, porque siempre tendría pareja de baile, un compañero que quizás estuviera padeciendo su propio calvario. No sabía casi nada de ellos, pero se dejaba mimar, adular con la mirada.

Nunca volvió a sentir un impulso sexual como con David. Nunca nada fue tan fuerte, pero se nutría de momentos compartidos, pasando de mano en mano a veces con sentimiento fraternal, a veces con algo parecido a la sombra de un vago deseo y disfrutando con aquellos con los que compartía el amor por el baile. Bailar la sanaba, le curaba el alma, la llenaba y eso no se iba a acabar. Aunque no hubo más combinación química que alterara sus sentidos, a veces conseguía entrar en un trance, cuando el acoplamiento de los dos era simplemente perfecto, a su justa medida. Se enredaban y abrazaban y alcanzaba el verdadero éxtasis. No le ocurría con todos, pero tenía sus favoritos. No tenía que ver con la habilidad del bailarín, aunque eso ayudara, sino con la conexión que se establecía. Entonces las palabras melosas de la canción endulzaban sus oídos y en el cerebro se activaban los transmisores que hacían fluir las hormonas responsables del bienestar. Había encontrado su lugar en el baile y en su comunidad inclusiva siempre tendría un apoyo.

Con David ya no bailó más. Se saludaban por cortesía pero el trato era frío y distante. Aparte de las noches de salsa, de las obligaciones domésticas o visitas a Luisa, volvió a volcarse en las redes sociales. Nunca pensó que de esa pérdida de tiempo fuera a salir nada bueno, pero fue precisamente leyendo los mensajes «filosóficos» que plagaban Facebook, como si de un nuevo refranero se tratara, que se le ocurrió la idea de producir textos relacionados con salsa y bachata para realizar grabados.

Había montado su propio negocio con ayuda de Luisa. Desde hacía algunos meses se dedicaba a comercializar pósteres, camisetas, tazas y otros objetos con frases relacionadas con el baile. Inspirada por la pasión que sentía por la música, su ritmo y la complicidad de dos cuerpos en movimiento, inventaba escuetos mensajes como «estoy en mi salsa» o «la verdadera salsa de la vida», que ilustraba con figuras enredadas sobre la pista. Ya le habían llegado los primeros pedidos de América. Todo apuntaba a que el negocio sería un éxito y poder combinar su talento artístico con otra actividad que le apasionaba, le parecía una recompensa justa por no haberse rendido a pesar de haberlo pasado tan mal.

Atrás quedaban los insultos con los que se vengó por el desplante de su exmarido. Se había limpiado de malas energías bailando y la experiencia con David, lejos de dejarla resentida, la había fortalecido y convertido en mejor persona. Había reformado esa personalidad justiciera y transformado aquel instinto de despotricar, canjeando sus vengativas frases por eslóganes que resumían el placer de su afición.

En aquel punto de su vida se dio cuenta de que no necesitaba a nadie, y si por asomo deseaba compañía recordaba que, pasara lo que pasara, el domingo habría sesión de salsa y que tal vez el ambiente no estuviera bien, pero no importaba. Tenía una cita con lo familiar, con sus amigos, con la danza.

Hacía algunas semanas que uno de los salseros la sacaba a bailar más que a las demás. Al principio no le dio mucha importancia, pero luego él le pidió amistad en Facebook y cuando lo aceptó, ya entrada la noche, recibió inmediatamente un privado: «Gracias por aceptarme, guapa, ¿qué haces?», a lo que ella respondió con sinceridad y mientras se agolpaban en su mente todo tipo de preguntas y sensaciones en su cuerpo: «Acostada ya» a lo que él, que se llamaba Jerónimo, respondió: «Mmmmmmm».

María Eugenia contempló la pantalla brillante y reducida de su móvil. Contó las siete emes de aquel «Mmmmmmm» y se preguntó si medirían el deseo de ese hombre. Consideró también si estaba lista para volver a tener un contacto íntimo con alguien. En esos momentos se sentía tan satisfecha, que no quería que nada ni nadie interfiriera en ese estado de bienestar que tanto le había costado conseguir. No le apetecía la compañía de nadie en particular, todavía no. Además, tenía que sopesar si el candidato lo merecía. No quería que nada desestabilizara su equilibrio. No quería volver a depender emocionalmente de nadie.

Le habría gustado poder conservar en una cajita las emociones que sentía en esos momentos, como si fueran sales de baño, por si alguna vez le volvían a fallar las fuerzas. Al fin y al cabo, Luisa tenía razón: «Siempre caemos porque vienen con disfraces diferentes», pensó. Cuál sería el de este señor que le escribía ahora. Le parecía atractivo y seguramente de su misma edad. Imaginó que en el fondo lo que él buscaba era lo que los demás: sexo. O quizás anhelara una relación estable, una compañera con quien poder compartir paseos, comidas, cine. La idea de hacer un cuestionario la hizo reír. Podría preparar una serie de preguntas para que el interesado contestara, aunque Luisa diría que seguramente mentiría.

¿Estaba lista para dejar que otro hombre borrara la huella de David, la física y la emocional, que con sus labios barriera de su piel los restos del otro amante? ¿Estaba preparada para sentir otro cuerpo dentro de su cuerpo? Pensó que, desde luego, ya no le importaría ponerse la ropa interior que compró para agradarle, pero no estaba dispuesta a afrontar la fragilidad de otra relación virtual en la que era tan fácil mentir y, lo peor de todo, tan aceptado. Le aterraba volver a desarrollar esa dependencia doble: al hombre y la tecnología. Ahora veía el Messenger como un instrumento para maltratar, controlar, ignorar e incluso castigar, sobre todo con la indiferencia. Le daban escalofríos al pensar en cómo te podían apartar sin más, cómo durante unos días eres una prioridad, una diosa a la que alaban insistentemente y con quien emplean sus estrategias de conquista más que practicadas, sus técnicas de seducción virtual bien ensayadas y sus mentiras de fábula.

Optó por apagar el teléfono. Mañana sería otro día. Ya vería cómo se sentía al despertar. La oscuridad se apoderó de la habitación. Estaba tranquila, equilibrada y en paz. Respiró hondo, cerró los ojos y sonrió para sí misma. Mañana será otro día, y pase lo que pase, el domingo, salsa.

FIN

Disfruta de las canciones de

Lágrimas negras y

La conversación muda

en esta lista de Spotify

Otros títulos de Cristina Corsali

TODOS LOS CAMINOS

Editorial Bubok

Cuando Sofía Brenner se enamora de Luca Bonicelli durante un viaje a Cerdeña en el que acompaña a su marido, un multimillonario magnate británico, comienza a vivir una serie de coincidencias —sincronicidades— a las que se aferra para tomar un nuevo rumbo.

De regreso a su rutina en Cheshire, viviendo de los recuerdos con la ayuda del «duende de la memoria», Sofía se debate entre las obligaciones morales y lo que le dictan sus sentimientos. ¿Será finalmente el azar quien le presente la oportunidad de tomar una decisión definitiva?

CRISTINA CORSALI

Cristina Fernández, que escribe bajo el nombre de Cristina Corsali, nació en septiembre de 1969 en La Laguna, Tenerife. Trabajó como redactora para el periódico canario *Diario de avisos*, fue presentadora de la televisión local Canal 7 y corresponsal en Londres para la revista de turismo *Preferente*. En la actualidad vive en el norte de Gales y es profesora de español. Todos los caminos (2016) es su primera novela publicada, y vuelve a sorprendernos con Lágrimas negras y La conversación muda (2018).